SALÃO INTERNACIONAL DE HUMOR DE PIRACICABA

2006

SALÃO INTERNACIONAL DE HUMOR DE PIRACICABA

2006

imprensaoficial

INSTITUTO HISTÓRICO E GEOGRÁFICO DE PIRACICABA

Barjas Negri
Prefeito Municipal de Piracicaba

Rosângela Rizzolo Camolese
Secretária da Ação Cultural

Maria Ivete Araújo Marcolino (Zetti)
Diretora do CEDHU

COMISSÃO ORGANIZADORA

Fausto Longo
Presidente

Alexandre Lopes

Laudir Amaro Sartore

Maria Antonieta Sachs Mendes

Maria Ivete Araújo Marcolino (Zetti)

Paulo Caruso

Rosângela Rizzolo Camolese

Vilma Cristina Romano

EQUIPE

Laudir Amaro Sartore | **Maria Antonieta Sachs Mendes** | **Maria Ivete Araújo Marcolino (Zetti)** | **Vilma Cristina Romano**

JURI DE SELEÇÃO

Cecília Barzaghi

Douglas Quinta Reis

Gualberto Costa

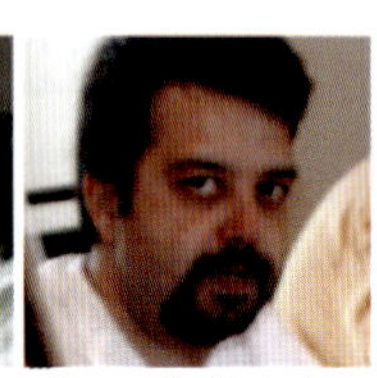

Marcelo Batuíra da Cunha Losso Pedroso

Mauro Chaves

Paulo Caruso

JURI DE PREMIAÇÃO

Adão Iturrusgarai

Alcy Linares

Carlos Grassetti

Cláudia Costim

Fábio Magalhães

Gualberto Costa

Henrique Barreto

Joacir Cury

José de Jesus Vaz

Luiz Humberto Marcos

Orlando Pedroso

Ricardo Viveiros

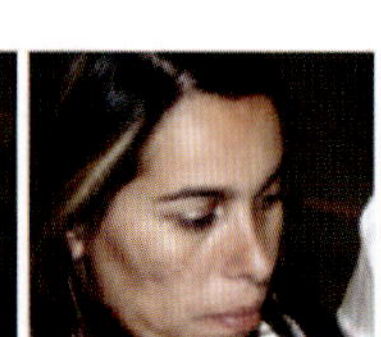

Zoraida Viotti

Zélio Alves Pinto

RESISTIR, MUDAR E CRESCER

Barjas Negri

Escrever sobre o Salão Internacional de Humor de Piracicaba se torna uma árdua tarefa, pois muito já se escreveu a respeito, principalmente pelo seu unânime reconhecimento de público e crítica e por ser, irrefutavelmente, o maior evento do gênero em toda América Latina e um dos mais respeitados no mundo.

O destaque nesta 33ª edição é a inovação da Secretaria da Ação Cultural, sempre preocupada em aperfeiçoar os eventos a seu cargo, providenciando a assinatura do Protocolo de Cooperação entre a Administração Municipal e o Museu Nacional da Imprensa, sediado na cidade do Porto, em Portugal. Graças a esta iniciativa inédita, o Salão de Humor de Piracicaba, que já é considerado internacional desde 1975, pode, a partir de agora, levar trabalhos de artistas brasileiros para lá e continuar recebendo no Engenho Central as obras do Porto Cartoon Festival. Motivo de comemoração, a notícia foi destaque em todas publicações ligadas ao humor gráfico.

Por outro lado, Piracicaba tem três grandes salões de arte: Belas Artes, Arte Contemporânea e este Salão de Humor. Todos com belas histórias de resistência e longevidade, únicos em seus gêneros no Brasil com edições ininterruptas por décadas. Como administrador, tenho buscado dar a estes eventos as melhores condições de continuidade.

A revigoração deste Salão é inquestionável: esta edição recebe o maior número de inscrições já registrado, além do maior número de trabalhos vindos dos países mais distantes que até aqui tinham pouca ou nenhuma participação. Uma vitória! Importante deixar evidenciado não só o crescimento numérico, mas a qualidade das obras, a diversidade da participação e o apoio às artes gráficas conquistado pelo Salão nas duas últimas edições. Foram tempos de mudanças, batalhas e vitórias para se chegar à cidade do Porto, para trazer trabalhos internacionais ao nosso público, e ampliar o número de participantes. Isso é uma constante. A própria história já o marca como elemento de resistência. Afinal, não é qualquer ação iniciada em plena ditadura militar, que perdura, cresce e floresce ao longo de tantos anos. Isso somente se dá pelo amparo dos administradores, pela aceitação e pelo respeito aos artistas que participam do Salão Internacional do Humor de Piracicaba.

Barjas Negri
Prefeito de Municipal de Piracicaba

EVOLUINDO SEMPRE

Rosângela Rizzolo Camolese

Criado em 1974, e internacionalizado já no ano seguinte graças à vinda do artista Claude Moliterne para proferir a palestra "A Evolução do Desenho de Expressão Francesa", o Salão de Humor de Piracicaba foi adquirindo destaque universal nas edições subseqüentes com as participações de Dickinson, editor da Revista Punch (Inglaterra), Aragonês, da MAD (USA) e Sábat, do Jornal La Nácion (Argentina). Até então, as participações se restringiam apenas à visitas ao evento.

O intercâmbio de obras estrangeiras teve início em 1979, com a colaboração da Agência de Comunicação do Consulado dos Estados Unidos, que trouxe para Piracicaba uma exposição de cartazes de Saul Steiberg, que foram capas da revista New York Times, transformando-se na grande atração da sexta edição do Salão de Humor.

Dessa forma, o sucesso alcançado pelo salão piracicabano projetou-o internacionalmente e, conseqüentemente, abriu para o mundo a obra gráfica dos artistas brasileiros, contribuindo também para o estabelecimento de uma via de mão-dupla, através da qual, ao longo do tempo, artistas de toda a América Latina, Europa, Ásia e Oriente pudessem ser descobertos.

Mas ainda faltava algo! Mesmo com o advento da Internet e a possibilidade de acesso ao seu acervo digital, os trabalhos originais de seus 32 anos de história jamais estiveram no Velho Continente, berço de toda a cultura ocidental. Um verdadeiro paradoxo para um salão que nasceu num prédio que serviu de sede para o Banco Português, local onde foi realizada a primeira mostra.

A assinatura do protocolo com o Museu Nacional da Imprensa de Portugal, na cidade do Porto, veio cobrir esta lacuna, possibilitando ao Centro Nacional de Divulgação, Pesquisa e Documentação do Humor Gráfico de Piracicaba a expansão de suas fronteiras para além-mar.

A exposição de parte significativa do seu acervo em Portugal, além de mostrar um pouco daquilo que produziu ao longo da sua história, constitui uma importantíssima aproximação com o Continente Europeu, simbolizando uma retribuição do Salão de Humor à gentileza das constantes visitas e participações dos nossos simpáticos patrícios do Porto Cartoon nos últimos anos, representados por Luís Humberto Marcos, diretor geral do Museu Nacional de Imprensa de Portugal.

Ao galgar novos caminhos para expor seu rico acervo de grande valor histórico, retrato vivo de épocas e sentimentos que nortearam o último quarto do século XX e adentraram o século XXI, o Salão Internacional de Humor de Piracicaba inaugura uma nova e promissora etapa que, certamente, fortalece ainda mais a sua importância mundial dentro das artes gráficas.

Rosângela Rizzolo Camolese
Secretária Municipal da Ação Cultural

A HISTÓRIA QUE SE ESCREVE

Fausto Longo

Há 34 anos vivenciamos a realização do Salão Internacional de Humor de Piracicaba, ora como protagonista, ora como coadjuvante. Mero espectador, nunca! Afinal, impossível manter-se alheio a um evento que, desde seu nascedouro, encanta e anima nossa alma. São incontáveis os momentos marcantes dessa história que se escreve desde 1973. Como colaborador, pintor de letreiro, montador de painéis, colador de cartazes, cartunista, selecionado, premiado e até pai do Luccas, também premiado, membro de diversas comissões organizadoras, júri de seleção, de premiação, presidente de três edições, caçador de patrocínios, de recursos e impertinente *aliciador* de novos companheiros que se predisponham partilhar dessa fabulosa, aberta e democrática confraria que cresce a cada ano e que se entrega à realização deste que é um dos principais acontecimentos do humor gráfico internacional.

Nesta 33ª edição, e a partir dela, com inegável maturidade e conseqüente responsabilidade de quem passou a ser referência, o Salão de Piracicaba, patrimônio cultural que atesta a amplitude e a generosidade do povo que lhe permitiu romper fronteiras, precisa, agora, *assenhorar-se* efetivamente de seu *protagonismo* internacional, já que seu acervo permite um significativo mergulho na história da própria humanidade, nua, crua, destilada em traços, graciosos ou trágicos, sobre papel. São advertências sérias, alertas conscientes e ao mesmo tempo de esperança e crença no bom senso da humanidade. História escrita por expressivos cartunistas que sempre foram a razão essencial de existir deste que é o mais antigo salão de humor do Brasil, primogênito do Salão Universitário de Humor do Mackenzie em São Paulo e que, apesar de apenas uma única edição, foi o estopim que incendiou os ideais de jovens jornalistas que queriam registrar algo mais do que simplesmente aqueles fatos corriqueiros da nossa então provinciana Piracicaba.

Nosso prefeito Barjas Negri e sob sua regência e da batalhadora, eficiente e eficaz Secretária da Cultura, Rosângela Rizzolo Camolese, mais alguns cartunistas e amigos, entre eles os sempre presentes Djalma de Lima e Zetti, novamente colocamos o pé na estrada, como em nossa juventude, quando saíamos de bar e em bar colando cartazes e distribuindo panfletos. Idas e vindas, São Paulo, Rio e tantos outros rincões, levando de mão em mão o valioso *press-release* para divulgar nosso salão. Sempre com o estímulo, ajuda e presença da Ciça, do Zélio e de tantos outros que nunca deixaram de acreditar nesta idéia. O resultado está aqui, tardiamente impresso, mas em tempo, registrando uma vez mais, a qualidade do que se tem produzido no humor gráfico internacional. Importante ressaltar que, ainda e durante a 33ª edição, antevendo a necessidade de cada vez mais agilizar e buscar-se o necessário profissionalismo na gestão desse importante evento, o presidente da nova comissão organizadora, já indicado, convidado, aceito e nomeado, jornalista Ricardo Viveiros, nome que dispensa apresentações, ali mesmo, logo após a abertura da mostra de 2006, já começou a trabalhar com os olhos neste 2007, reunindo-se com seus colaboradores, propondo uma profunda remodelação e aperfeiçoamento desse evento que já adotou como seu. Novidades importantes como um Conselho Consultivo, criado por Lei Municipal e até a merecida denominação de um troféu permanente em homenagem a esse leal e dileto *piracicabano* de Caratinga, Zélio Alves Pinto, ***Prêmio Zélio***, que deverá se caracterizar como um dos mais importantes prêmios do humor gráfico mundial.

Muitos outros avanços estão sendo propostos e executados. Com muito empenho e carinho, novos conterrâneos, filhos adotados ou que voluntariamente adotaram essa terra, também como sua, estão trabalhando por esse Salão Internacional de Humor de Piracicaba. Como já dissemos e nada custa reafirmar, o humor gráfico pode parecer apenas ingênuo e engraçado. O é! Mas, além disso, ainda bem, é um permanente dedo, em riste (*por vezes encharcado de amargas tintas*), sarcástica e ironicamente, apontando aqueles que insistem zombar da liberdade. Por isso vamos aproveitar este catálogo e constatar, uma vez mais, que muitos dos que aqui estão, já se caracterizam, com absoluta certeza, como uma excelente *Safra 2006* de cartunistas do Brasil e do mundo.

Fausto Longo,
Presidente do 33º. Salão Internacional de Humor de Piracicaba.

O ÂNGULO QUE ALIVIA

Hubert Alquéres

Há sempre mais de uma forma de se expressar. Há, também, mais de um jeito de enxergar a vida. Em tempos bicudos, tanto é possível emaranhar-se às dificuldades quanto procurar o tênue fio que dá espaço a uma boa risada.

A arte abre essa possibilidade. Sempre atentos ao cotidiano, chargistas e cartunistas elegem uma centelha, um trejeito, uma frase torta para recriar personagens e situações. A eles, artistas, é concedido o privilégio da dualidade. Ainda que suas obras retratem o real, a leitura é de quem vê.

O mundo atual é território fértil para a imaginação, seja qual for a sua nacionalidade. Isto, aliás, não existe na arte. Idéias borbulham e punhos soltos constroem interpretações no papel. Por mais árduos que sejam os temas eleitos, por diferentes que sejam suas origens, todos falam a língua universal.

O Salão de Humor de Piracicaba, em sua 33ª edição, é uma elegia à paz. As obras fazem uma releitura do que a mídia prega diariamente, mas sob um ângulo que alivia. A indignação, o medo, o conformismo estão presentes. Ainda assim, nos fazem sorrir.

A Imprensa Oficial, que tanto valoriza a transparência e a verdade, agradece a oportunidade de participar desse momento tão expressivo para a cultura nacional, em que a realidade se faz presente, mas com esperança.

Hubert Alquéres
Diretor-presidente da Imprensa Oficial

UM SALÃO DO TAMANHO DO MUNDO

Paulo Celso Bassetti

A força do Salão de Humor de Piracicaba está ligada à sua origem inédita. Pode-se dizer que ele é fruto de uma fórmula mágica bem sucedida logo na primeira experiência. O ingrediente principal seria o humor de contestação, que tinha tudo para chamar atenção em um país que vivia em pleno Regime Militar. Mas a mágica ficou por conta dos piracicabanos, que conseguiram reunir fora dos grandes centros figuras de destaque da cultura nacional para mostrar o lado farsesco e ridículo da falta de liberdade de expressão.

A mágica intriga ainda mais pelo fato da idéia ter se preservado por tanto tempo, sem que fosse roubada pelas metrópoles. Mesmo com outras iniciativas posteriores semelhantes tenham sido bem sucedidas no Rio e em São Paulo, a fórmula mágica, que revelou o Salão de Humor de Piracicaba, atraiu a atenção do mundo e Piracicaba se tornou a capital internacional do humor, a metrópole do humor.

Mesmo com a abertura política e o fim da censura, o humor não perdeu sua função e passou a revelar o lado risível dos poderosos e o cenário farsesco onde se dá o jogo pelo poder. Motivos para contestar e rir nunca faltam. O aprofundamento da democracia no país pode ter exigido um pouco mais de reflexão sobre a função do humor, mas jamais chegou a questionar sua eficácia como antídoto ao marasmo. Sem contar o fato de que o mundo é complexo e artistas de outros países aproveitavam a janela do Salão Internacional de Humor de Piracicaba para revelar as mazelas de seus governantes. Com o governo Lula, os artistas do humor chegaram novamente a suspeitar que a liberdade de expressão corria perigo, e o salão, por sua vez, foi a primeira porta aberta para revelar as iniciativas aberrantes dos detratores da liberdade.

Enfim, o humor é o mundo. O Salão de Humor de Piracicaba ganhou o respeito do mundo e se tornou fórum inquestionável para se discutir a liberdade de opinião, fundamental em toda sociedade democrática, além de espaço para revelar novos talentos. Nesse sentido, estamos diante de uma mágica global, que só foi possível graças aos ousados piracicabanos e à postura antibairrista dos grandes talentos do humor nacional. Estamos diante de um fato contra o qual não há argumentos, somente muita história para contar sobre um evento onde se encontram olhares distintos, que revelam o fundamento do humor para a perpetuação e diversidade da espécie humana. Cabe a nós somente contribuir para que a iniciativa seja preservada ad infinitum.

Paulo Celso Bassetti
Presidente do Instituto Histórico e Geográfico de Piracicaba

J'ACCUSE

Zetti Araújo

33!
Por si só, 33 já é um número um tanto quanto simbólico. Mas, fazer desta edição, o maior Salão Internacional de Humor de Piracicaba de todos os anteriores não foi tarefa fácil, mesmo porque não foi planejada uma mostra com 270 trabalhos.

Há coisas na vida que ninguém explica, simplesmente acontecem. Mas, se tenho que encontrar um culpado para isso, acuso todo o time que atuou para selecionar os desenhos. Sim, a responsabilidade foi de um corajoso corpo de jurados que diante de tanta qualidade não se deixou curvar ao óbvio, se prendendo a regras sem lei que impunham uma exposição numericamente determinada.

Já aos predicados estéticos culpo os cartunistas que, mais uma vez, enviaram aqui a Piracicaba o que de melhor tinham para apresentar. Esplêndido deleite oferecido ao júri que soube reconhecer o valor daquilo que tinham em mãos e 'desrespeitaram' ao tamanho tradicional da exibição.

Acho que poderia delatar também a cumplicidade do time escalado para premiar, que não era grande, porque se necessitava de muita gente para avaliar o número recorde de cartuns charges, caricaturas e tiras, mas devido a árdua tarefa de se eleger apenas um vitorioso em cada uma das quatro categorias.

Consolidado como um dos mais importantes do mundo, no universo das artes, a extensa e diversificada programação de atividades desenvolvidas paralelamente serviu para ilustrar mais um ano de sucesso.

Enfim, bem pouco posso acrescentar sobre o que foi a edição 2006 sem apontar os responsáveis por isso, então, deixo aqui esse registro.

Maria Ivete Araújo
Diretora do Centro Nacional de Divulgação, Pesquisa e Documentação do Humor Gráfico

ARTE DO TRAÇO E DA TROÇA

Ricardo Viveiros

No meu tempo de criança, nos anos 50 — quando éramos felizes e não sabíamos —, levei muitas palmadas dos meus pais por fazer "arte". Ou seja, o mesmo que travessura. E foi lá, naqueles anos dourados, que meus pais me ensinaram o valor de uma verdadeira arte, de uma travessura capaz de não apenas ser algo muito divertido. Mas, em especial, capaz de conscientizar — numa crítica responsável — quanto a valores que nunca mais esqueci, e nem abri mão deles: ética, liberdade, independência, respeito e amor a si mesmo, ao próximo, à natureza, enfim, à vida.

Foi primeiro apenas olhando, depois lendo, que aprendi a dar valor a cartum, charge, caricatura e tiras. Meus pais tinham uma coleção de revistas antigas, havia exemplares de "O Malho", "Fon-Fon", "A Rosca", "Careta", "Fru-Fru", "Revista da Semana" e, de uma das quais eu mais gostava, "O Tico-Tico". Além disso, eles compravam "O Cruzeiro", semanalmente, e quando o conteúdo permitia, mostravam-me a página do "Amigo da Onça", do Péricles. É impressionante como, até hoje, mais de meio século depois, tenho clara, nítida a imagem daquele baixinho feio, com cara de "não estou nem aí", capaz de ser tão justiceiro nas suas terríveis análises bem humoradas dos costumes da sociedade.

É provável que ninguém saiba dizer, com precisão, quando e com quem surgiu a arte do Humor. Mas, tenho certeza, de que foi com o aparecimento do primeiro ser inteligente que surgiu no universo.

O Brasil, e desde o seu descobrimento, tem sido berço de grandes artistas do traço e da troça. Gente que, com sabedoria e emoção, tem sabido mostrar através do cartum, da charge, da caricatura, das tiras e de outros meios inovadores que têm surgido, que ser feliz é conhecer a própria alma e, também, a do próximo. E ter a humildade de rir não apenas dos outros, mas, também, de si mesmo, porque apenas nos desvios de comportamento é que somos iguais. Afinal, como sabemos, e não gostamos muito de assumir, o lado "certinho" é um limite ensinado/trabalhado/exigido desde sempre pelas palmadas dos pais e, depois, do mundo.

A generosidade dos grandes artistas do humor deste País, tão pródigo em matéria-prima para essa área, levou-me à presidência da Comissão Organizadora da 34ª edição do maior e mais importante evento do gênero no planeta, o Salão Internacional de Humor de Piracicaba. Com humildade e empenho — valendo-me do conhecimento de vários deles; de renomados especialistas no tema; da professora Rosângela Camolesi, Secretária da Ação Cultural; e da Maria Ivete Araújo (Zetti), diretora do Centro Nacional de Humor Gráfico —, procurei introduzir algumas ações no sentido de aperfeiçoar o que sempre foi de muita qualidade.

Nesse aspecto, devo um agradecimento especial ao vereador Fausto Rocha, que teve a sensibilidade de entender a importância do Salão como patrimônio cultural da cidade, do estado, do País e do mundo e foi o autor das mudanças que propusemos à Lei, bem como, a seus pares que as aprovaram e ao prefeito, Barjas Negri, que as sancionou sem veto. Penso que, assim, conseguimos garantir a perenidade do Salão, além de ampliar e valorizar sua dimensão.
De resto, é esperar pelo julgamento de cada um desses fantásticos artistas que, com seus sábios trabalhos, a cada novo dia, pela mídia impressa e/ou eletrônica, revelam o que precisamos saber para, pelo menos, aproximar-nos do legítimo e inalienável sonho de alcançar a felicidade.

Ricardo Viveiros
Presidente da Comissão Organizadora do
34º Salão Internacional de Humor de Piracicaba

cartum

1º LUGAR CARTUM

Makhmudjon Eshonkulov - República do Usbequistão

2º. LUGAR CARTUM

Lezio Custodio Junior - Brasil

MENÇÃO HONROSA

Erasmo Spadotto - Brasil

MENÇÃO HONROSA

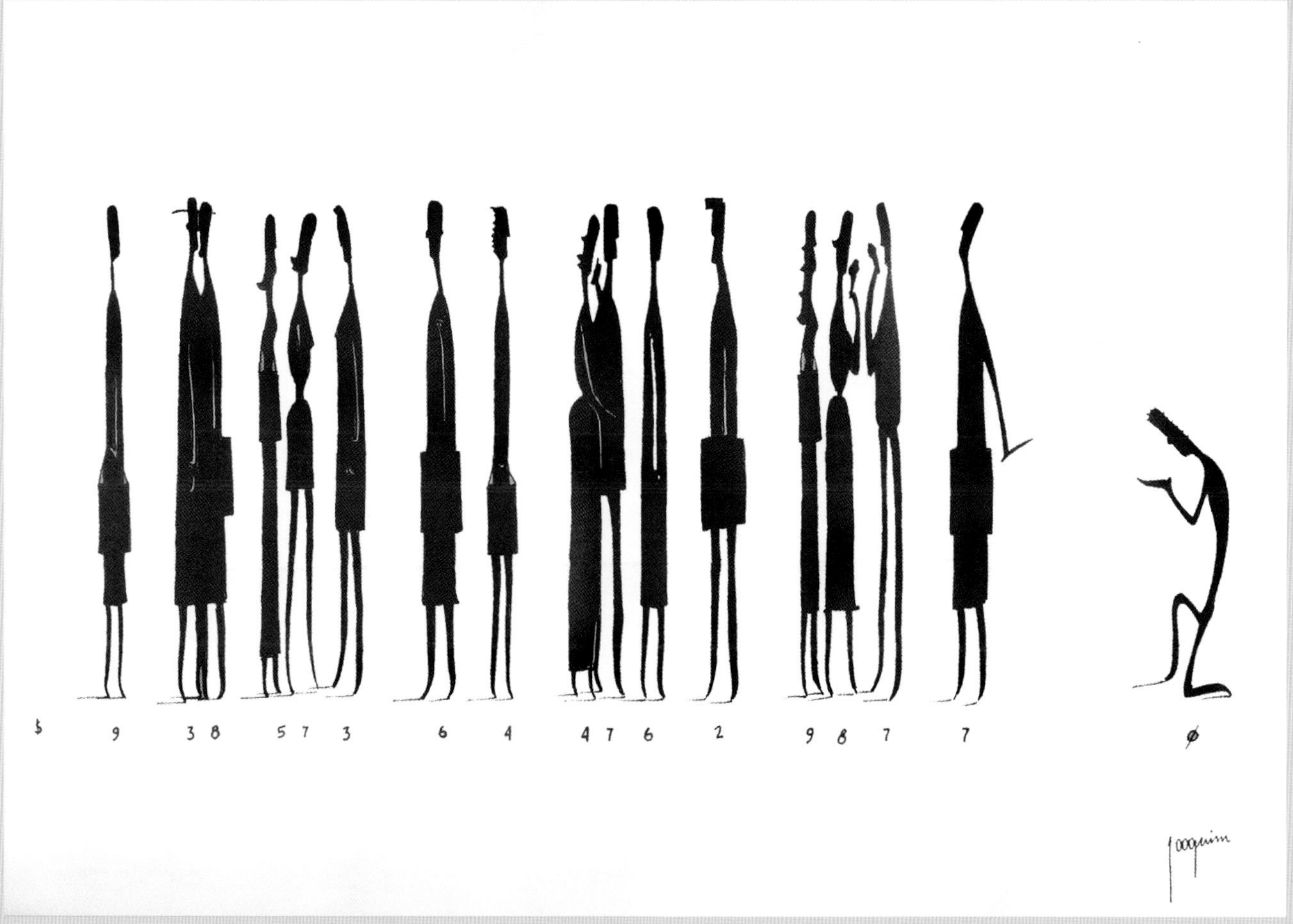

Joaquim José Sacco Júnior - Brasil

Aí menininha, tá quanto o programa?!

Danielle Chaves Valle - Brasil

Wagner Zanirato - Brasil

PEACE
PEACE
PEACE
PEACE
PEACE

Pavel Constantin - Romênia

VESTIBULAR IN UTERO
PRESTEM ATENÇÃO! COMO VOCÊS JÁ SABEM, SÓ HÁ UMA VAGA PARA PENETRAR O ÓVULO. ENTÃO BOA SORTE PARA TODOS E QUE VENÇA O MELHOR!
BRUNO

Bruno Francisco da Silva - Brasil

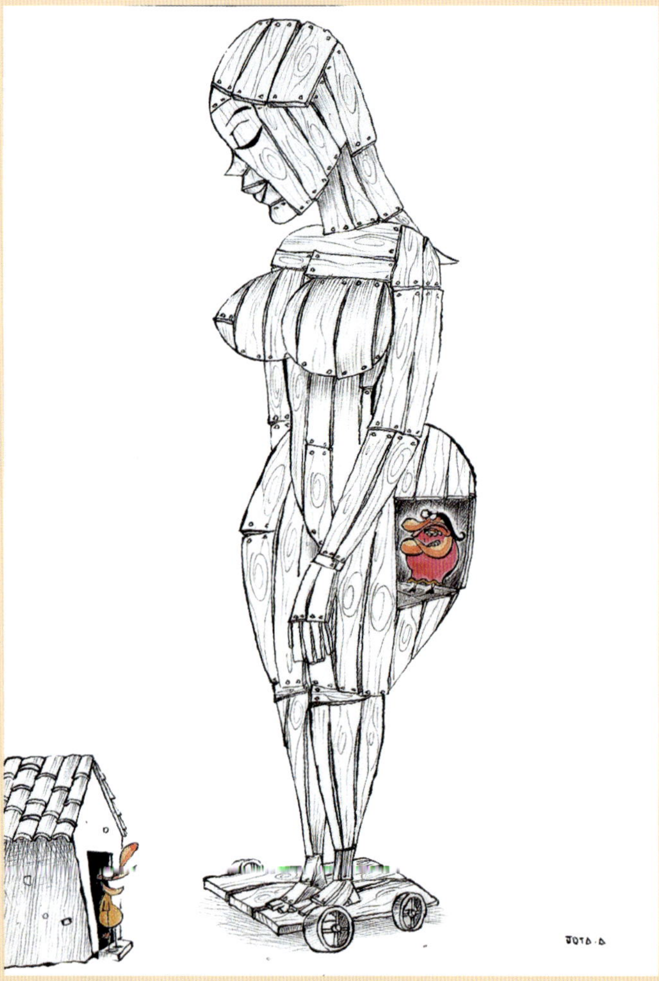

José Antonio Costa - Brasil

Luiz Carlos Fernandes - Brasil

Alberto Nicácio - Brasil

Wagner Zanirato - Brasil

Roberto José da Rocha Neto - Brasil

Jônatas Almeida de Araújo - Brasil

Jônatas Almeida de Araújo - Brasil

Raimundo Rucke Santos Souza - Brasil

MANUAL
GILMAR.

Gilmar Barbosa - Brasil

FILME DE ARTE
ARGF! QUE ISSO! UMA ARANHA!?
NÃO REGINA! É UM SUVACO EM PRIMEIRO PLANO!
Chiquinha!

Fabiane Bento - Brasil

Huseyin Cakmak - Chipre

Mário César dos Santos Oliveira - Brasil

Ronaldo Augusto Moreira Rodrigues - Brasil

Ahmet Ayrahat - Turquia

Lupu Marian - "Lupino" - Romênia

Luiz Carlos Fernandes - Brasil

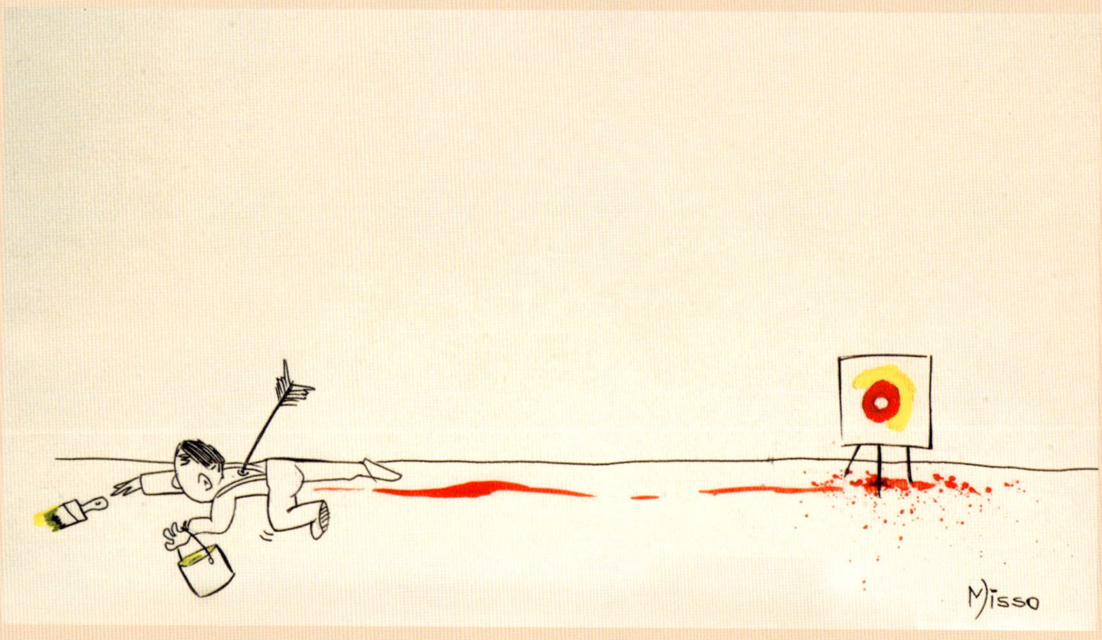

Edmilson Avancine - Brasil

Raimundo Rucke Santos Souza - Brasil

José Alberto Lovetro - Brasil

João Spacca de Oliveira - Brasil

Erasmo Spadotto - Brasil

Gilvan Gomes Miranda Xavier - Brasil

José Valdenir de Oliveira - Brasil

Caetano Cury Nardi - Brasil

Juli Sanchis Aguado - Espanha

Radik Azizov - República do Usbequistão

Radik Azizov - República do Usbequistão

Pavel Constantin - Romênia

Cristobal Reinoso - Argentina

HÉRNIA DE
DISCO!

Moisés de Macedo Coutinho - Brasil

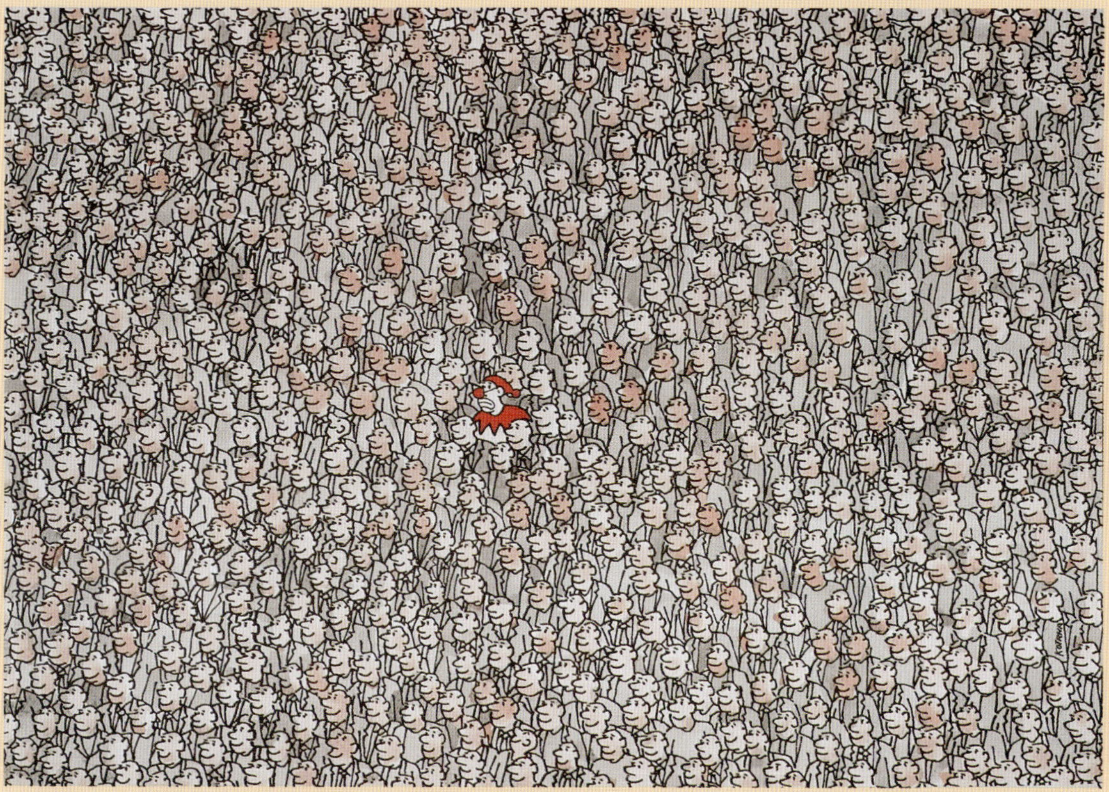

L'ubonír Kotrha - República da Slováquia

Cristobal Reinoso - Argentina

ACHO QUE VAI CHOVER!
EU ACHO QUE NÃO...
VOU EMBORA... DETESTO DISCUSSÃO!

Tasso Lanza - Brasil

Anderson de Carvalho Kocis - Brasil

Sandro Aparecido Perli - Brasil

Moisés de Macedo Coutinho - Brasil

Elson da Silva Souto - Brasil

Luigi Rocco Pasquale Recine - Brasil

Vinicius Mitchell - Brasil

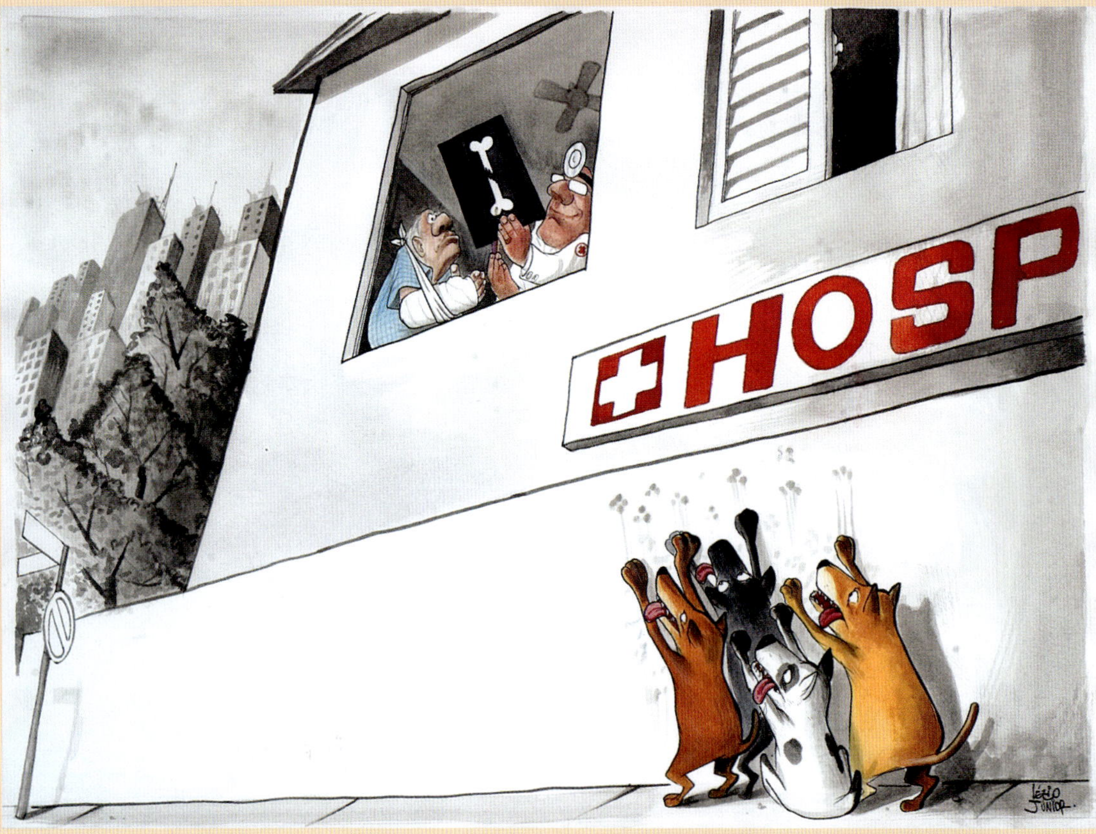

Lozio Cuotodio Junior Braoil

Eduardo Ferreira Grosso - Brasil

Claudio Pereira da Silva Neto - Brasil

Eduardo Ferreira Grosso - Brasil

Hamid Soufi - Irã

Mohammad Amin Aghaey - Irã

Rogério Rodrigues da Silva - Brasil

Izaltino Mancini Junior - Brasil

João Henrique Lopes de Souza - Brasil

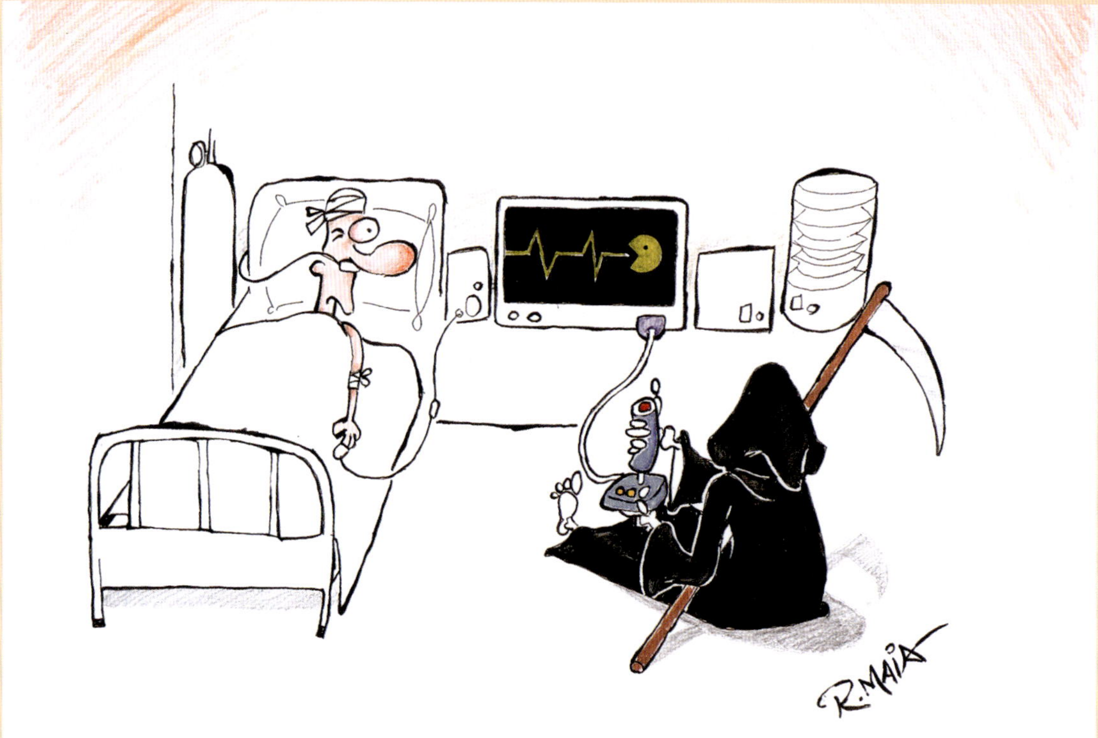

Rodrigo de Oliveira Maia - Brasil

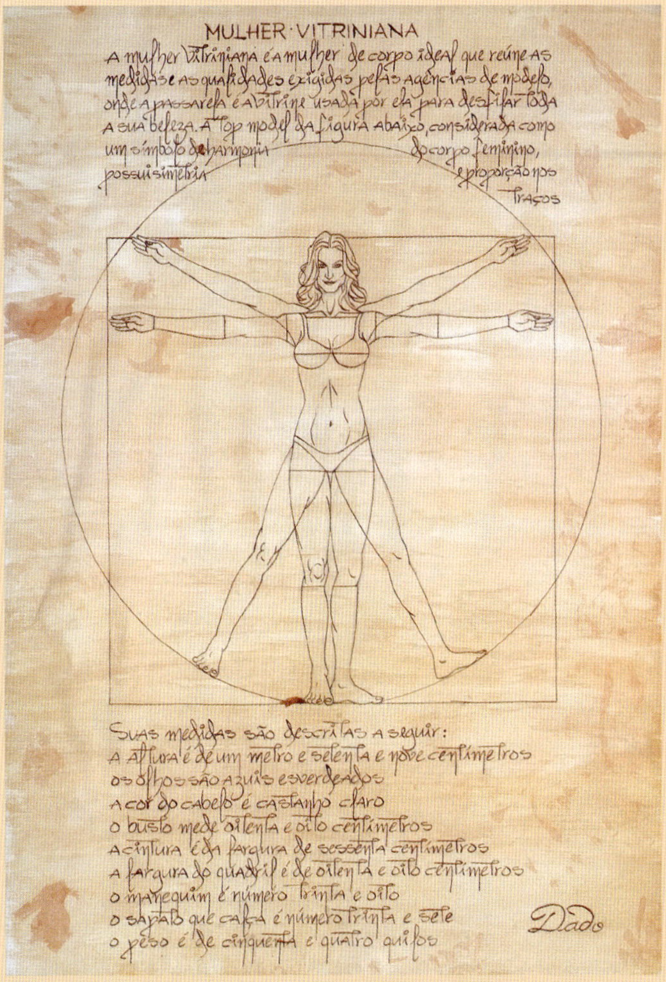
MULHER·VITRINIANA
A mulher Vitriniana é a mulher de corpo ideal que reúne as medidas e as qualidades exigidas pelas agências de modelo, onde a passarela é a vitrine usada por ela para desfilar toda a sua beleza. A top model da figura abaixo, considerada como um símbolo de harmonia do corpo feminino, possui simetria e proporção nos traços
Suas medidas são descritas a seguir:
A altura é de um metro e setenta e nove centímetros
os olhos são azuis esverdeados
A cor do cabelo é castanho claro
o busto mede oitenta e oito centímetros
A cintura é da largura de sessenta centímetros
A largura do quadril é de oitenta e oito centímetros
o manequim é número trinta e oito
o sapato que calça é número trinta e sete
o peso é de cinquenta e quatro quilos
Dado

Rinaldo Corrêa dos Santos - "Dado" - Brasil

Mohammad Amin Aghaey - Irã

Sandro Aparecido Perli - Brasil

Ronaldo Cunha Dias - Brasil

Pavel Constantin - Romênia

Raimundo Guimarães de Cerqueira Júnior - Brasil

BAR

charge

1º LUGAR CHARGE

Osvaldo da Silva Costa - Brasil

2º LUGAR CHARGE

Alberto da Costa Santos - Brasil

MENÇÃO HONROSA

DEPOIS DE MESES DE INVESTIGAÇÃO, ENCONTRAMOS O CULPADO PELA OPERAÇÃO SANGUESSUGA!

José Antonio Costa - Brasil

MENÇÃO HONROSA

Eduardo dos Reis Evangelista - Brasil

IV Encontro Anual de
VENTRÍLOQUOS
Parque das Amendoeiras
De 22/07 a 25/07
OLHA, ANTES EU TAMBÉM PENSAVA ASSIM
ENTÃO EU DISSE: VOCE ESTAVA PEN-SANDO MESMO QUE
NÃO, NÃO ERA ELA. AQUELA É A SILVANA, IR-MÃ DO
EU PODERIA TER FEITO MUI-TO MELHOR SE

Tasso Lanza - Brasil

Raimundo Rucke Santos Souza - Brasil

Cletiu Radu - Romênia

Makhmudjon Eshonkulov - República do Usbequistão

Luc Descheemaeker - Bélgica

Bruno Francisco da Silva - Brasil

Heino Partanen - Finlândia

Musa Gumus - Turquia

Luc Descheemaeker - Bélgica

Lubica Konkovâ - República da Slováquia

L' ubonír Kotrha - República da Slováquia

Musa Gumus - Turquia

Carlos Alberto Amorim - Brasil

Carlos Augusto Rosário Nascimento - Brasil

CALMA, CALMA,
ESTÁ TUDO
SOB CONTROLE!!

Daniel Mendes de Oliveira - Brasil

Edson Fidalgo Cabral - Brasil

FALEI PRA NÃO FAZER MAIS QUEIMADAS, PAI.
AGORA ELES VÃO MORAR COM A GENTE!

José Adalberto Cornavaca - Brasil

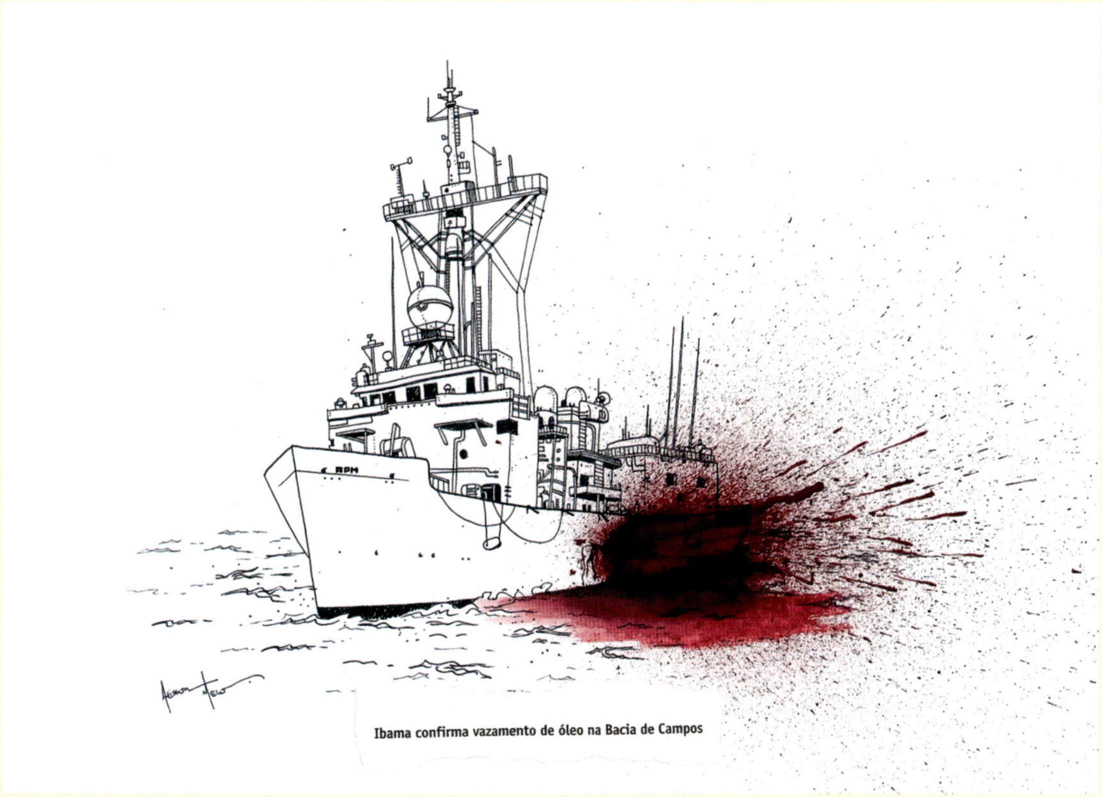
Ibama confirma vazamento de óleo na Bacia de Campos

Alisson Pereira de Mello - Brasil

Alexandre de Abreu Pereira - Brasil

Marcelo Barreto de Lacerda - Brasil

Z Z Z

Alexandre Kiyoshi Ono - Brasil

ATENÇÃO PASSAGEIROS!
FORAM COLOCADAS SAÍDAS ESPECIAIS
PARA ESTE TIPO DE DESASTRE!

Alexandre Kiyoshi Ono - Brasil

MAINHA A GENTE TEM VIGILÂNCIA 24 HORAS QUE NEM OS BACANAS!
PARE E IDENTIFIQUE-SE

Sidney Falcão de Carvalho - Brasil

SE EU FOR ELEITO, NO MEU GOVERNO NADA TERMINARÁ EM PIZZA...
...MAS SIM EM **CHUCHU**! PELO MENOS, É MAIS SAUDÁVEL!

Sidney Falcão de Carvalho - Brasil

PASSA A FAIXA DE GAZE!

Carlos Augusto Rosário Nascimento - Brasil

Anselmo Gimenez Mendo - Brasil

LULA `A DORÊ,
LULA `A PROVENÇAL,
LULA `A MILANESA,
LULA MARINADA,
LULA COM CAMARÃO,
SUSHI DE LULA,
LULA `A ESPANHOLA
COM ARROZ...
A SUGESTÃO DA CASA
E' A DOBRADINHA
DE LULA!
FRUTOS DO MAR
SPACCA

João Spacca de Oliveira - Brasil

Flávio Luiz R. Nogueira - Brasil

João Spacca de Oliveira - Brasil

Rodrigo César R. Godinho - Brasil

Augusto Gomes de Oliveira Filho - Brasil

Humberto Pessoa de Abreu - Brasil

Luiz Carlos Fernandes - Brasil

Mário Dimov Mastrotti - Brasil

ATCHOO!
ATCHOO!
ATCHOO!
ATCHOOO!

Hudson Silva Malta - Brasil

Alexandre Cardoso de Oliveira - Brasil

ENQUANTO ISSO NO RIO DE JANEIRO...
É ISSO MESMO QUE VOCÊS OUVIRAM, 50 REAIS EM VALE-REFEIÇÃO OU ELE MORRE.
RUBINHO

Rubens D. Cintra Gomes - Brasil

Leandro Spett - Brasil

WILTON

Wilton Tadeu Carvalho Freire - Brasil

ESTOU
SÓ ME
DEFENDENDO!

Marcelus William Janes - Brasil

SALA DE ESPERA
C.P.I.
PRÓXIMO!!!
69
Greati 2006

André Luiz Greati - Brasil

HÃ, SENHOR...
ACHO QUE ELES NÃO
ENTENDERAM BEM AQUELE
NEGÓCIO SOBRE FALSOS
ÍDOLOS...

Ronaldo Silva Nonato Filho - Brasil

GAROTINHO ONDE FICA A ORELHA?
AQUI!
ONDE FICA O NARIZ?
AQUI!
E ONDE FICA A BOCA?...
ALI!
Pires

Jean Pires de Oliveira - Brasil

RUCKE

Raimundo Rucke Santos Souza - Brasil

Wellington Antônio Marques Ferreira - Brasil

Reinaldo Alcântara dos Santos - Brasil

ALGUM PROBLEMA, CLÁUDIO?!
Danilo

Danilo Campos Vieira - Brasil

PAIÊ, QUERO VOLTAR PRO LÍBANO!
IVES

Ives Godoy Martins Pio - Brasil

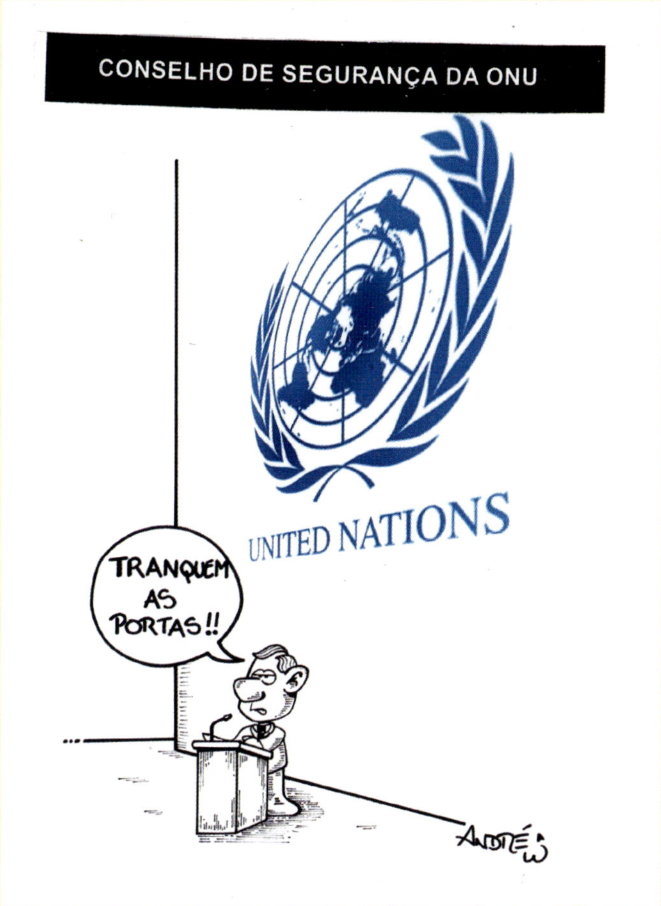

André Luis Marangoni - Brasil

Breno de Araújo Ferreira - Brasil

TENHA UM ÓTIMO VÔO, SENHOR.
VARIG
Que Mário?
JUL-06

Mário César dos Santos Oliveira - Brasil

EU TENHO AS MÃOS LIMPAS!
RUCKE

Raimundo Rucke Santos Souza - Brasil

Osmani Esteban Simanca - Brasil

Evandro Prates Ferreira - Brasil

CHUCHU!
CHUCHU!
CHUCHU!
JILÓ!
JILÓ!
JILÓ!
SERI

Sérgio Ribeiro Lemos - Brasil

Cesar

Rodrigo César R. Godinho - Brasil

Sérgio Ribeiro Lemos - Brasil

Fernando César Siniscalchi - Brasil

Jean Pires de Oliveira - Brasil

Jônatas Almeida de Araújo - Brasil

Edson Fidalgo Cabral - Brasil

Floreal da Silva Andrade - Brasil

Wagner Zanirato - Brasil

Hudson Silva Malta - Brasil

Floreal da Silva Andrade - Brasil

Anselmo Gimenez Mendo - Brasil

Osvaldo da Silva Costa - Brasil

Érico San Juan - Brasil

Luigi Rocco Pasquale Recine - Brasil

Luiz Felipe S. Santiago - Brasil

O SR. VAI SER
INDICIADO POR TRÁFICO
DE ANIMAIS SILVESTRES!
NON, NON! EU PROCESSAR HOTEL
POR FALTA DE HIGIENE. VEJA:
MALA FICAR CHEIA DE BICHOS!!
POLÍCIA
AEROPORTO
INTERNACIONAL

José Adalberto Cornavaca - Brasil

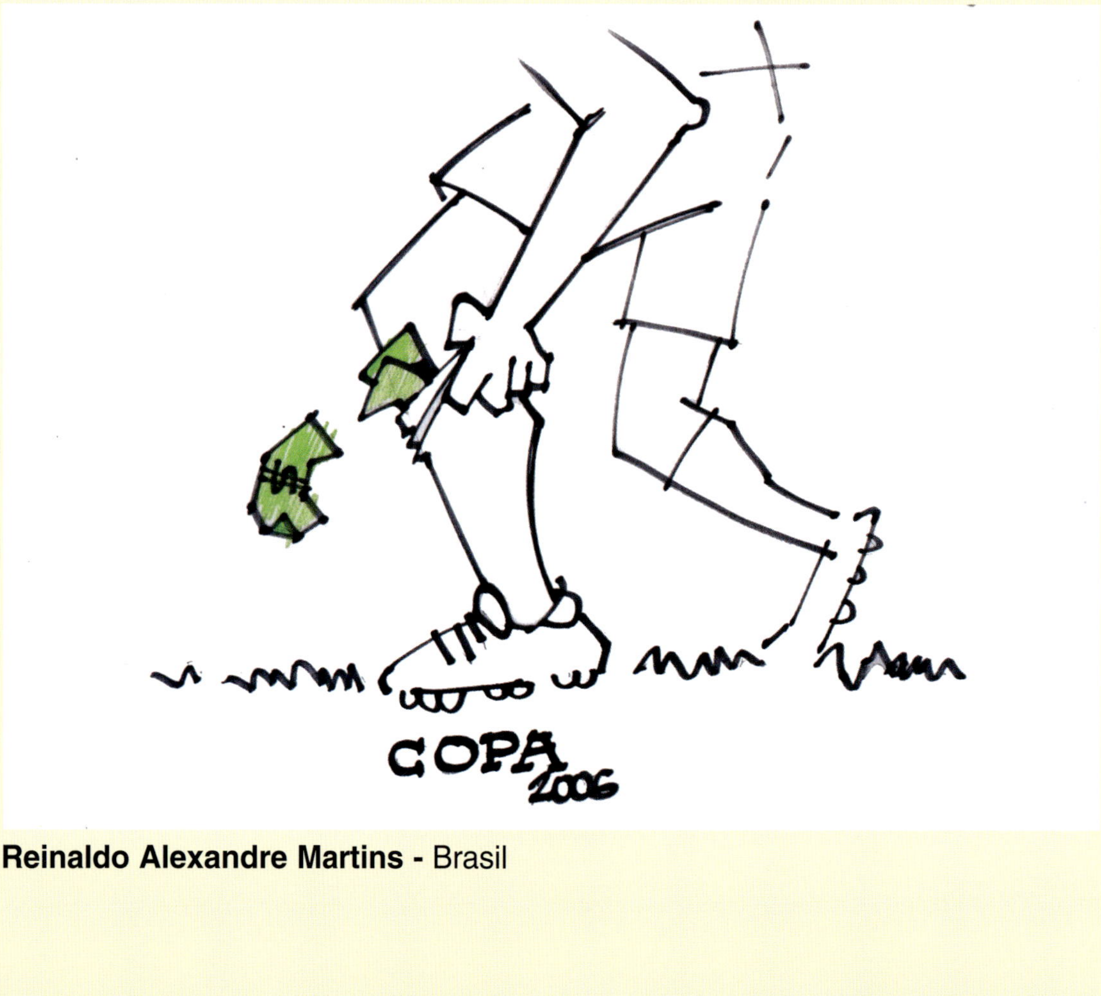
COPA
2006

Reinaldo Alexandre Martins - Brasil

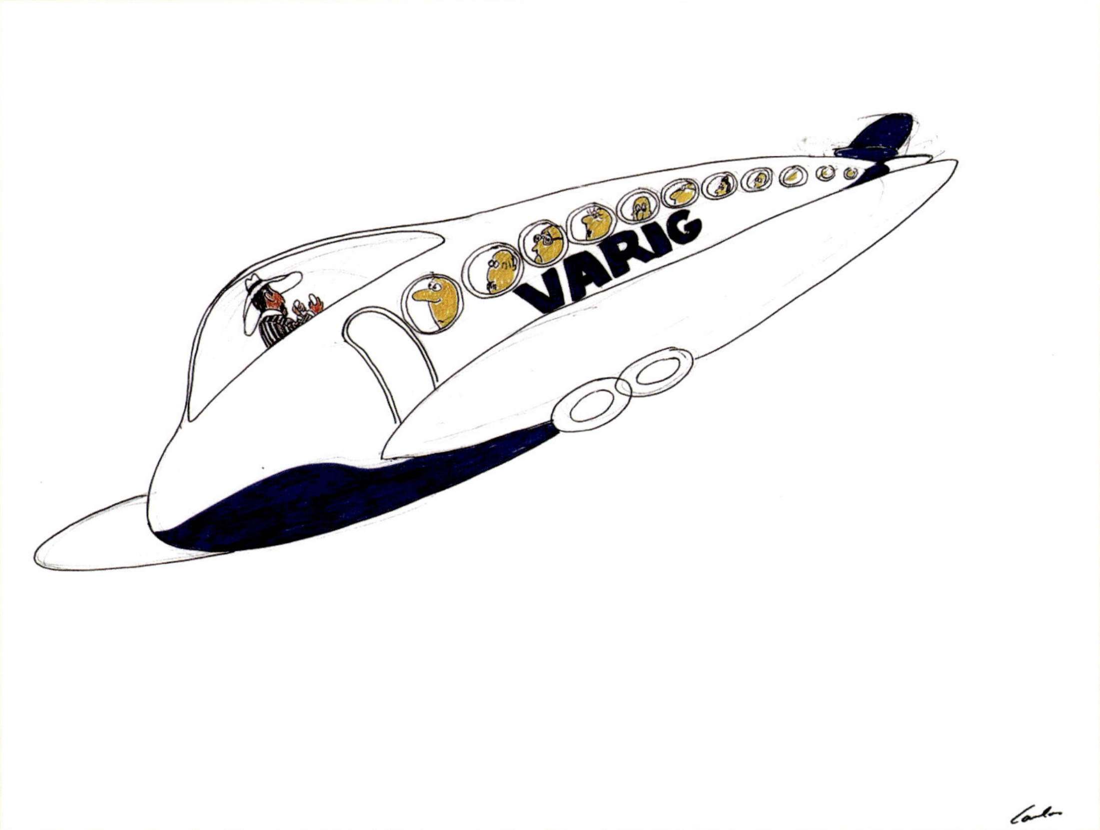

Carlos José Ribeiro - Brasil

Elias Ramires Monteiro - Brasil

Raimundo Rucke Santos Souza - Brasil

Marcelo Barreto de Lacerda - Brasil

José Antônio Costa - Brasil

Francisco Irani de Alencar - Brasil

Sandro Aparecido Perli - Brasil

EI BOY, HOJE NÓS SOMOS DA TROPA DE REPRESSÃO OU DA AJUDA HUMANITÁRIA?

José Luiz Pires da Silva - Brasil

¡EU DEVIA TER:
FOLGADO MENOS,
FALADO MENOS,
COLOCADO O BANCO EM CAMPO.
TER VISTO O BRASIL...
... GANHAR!
S. MORETTINI

Sérgio Raul Morettini - Brasil

João Bosco Jacó de Azevedo - Brasil

Jean Pires de Oliveira - Brasil

caricatura

1º. LUGAR CARICATURA

Omar Figueroa Turcios - Espanha

2º. LUGAR CARICATURA

Lucas Leibholz - Brasil

MENÇÃO HONROSA

Alfredo Sabat - Argentina

MENÇÃO HONROSA

PRÊMIO AQUISIÇÃO CÂMARA MUNICIPAL

Eduardo Baptistão - Brasil

Luciano Veronesi - Brasil

Wagner Zanirato - Brasil

Junior Lopes - Brasil

Luiz Carlos Fernandes - Brasil

Luciano Veronesi - Brasil

Luiz Carlos Fernandes - Brasil

Ives Godoy Martins Pio - Brasil

Sebastião Xavier de Lima - "Xavi" - Brasil

Alexandre Henrique M. Guimarães - Brasil

Emmanuel Giladi - Israel

Renato Munhoz - Brasil

Plínio Harvo Nakamura - Brasil

Felipe Sevilhano Martinez - Brasil

Nilson Sampaio - Brasil

Renato Munhoz - Brasil

Renato Machado Gonçalves - Brasil

Rodrigo Schiavoni - "Bixigão" - Brasil

Deiverson Santana de Souza - Brasil

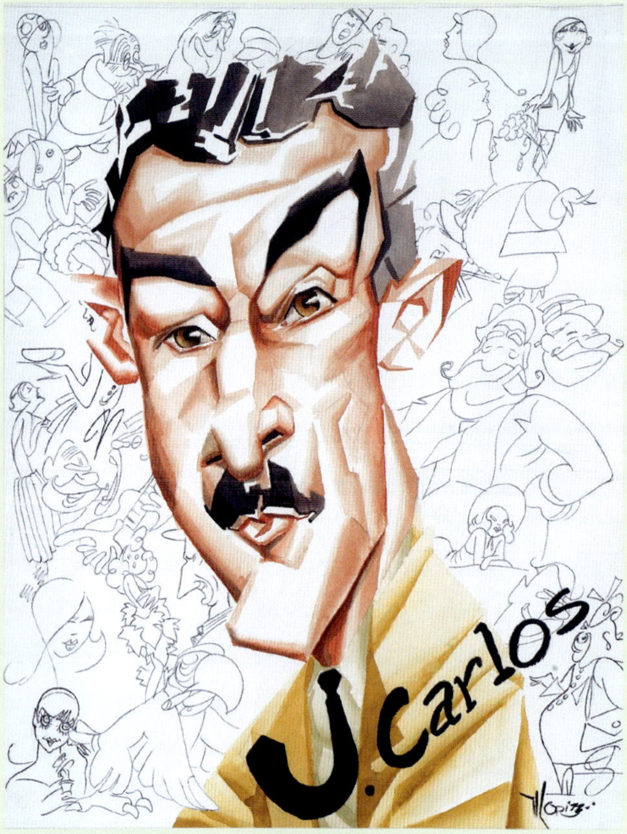

Maurício Morini - Brasil

Leandro Spett - Brasil

Andreson de Carvalho Kocis - Brasil

Emerson Carvalho de Souza - Brasil

José Carlos Santos - Brasil

Hector Salas - Brasil

Omar Figueroa Turcios - Espanha

Moisés de Macedo Coutinho - Brasil

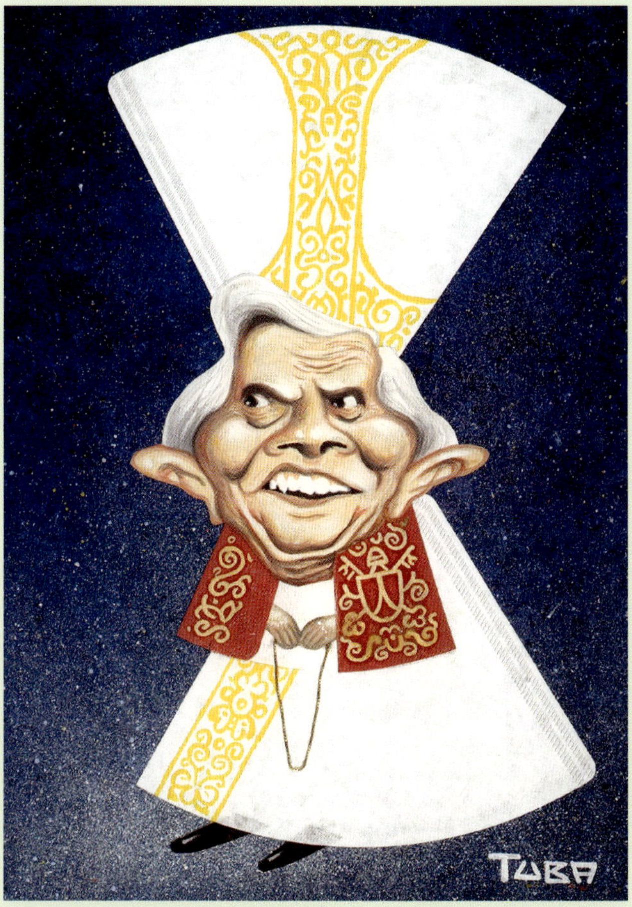

Marcos Ribeiro Mendes - "Tuba" - Brasil

Fábio Saad - Brasil

Ariel Silva - Brasil

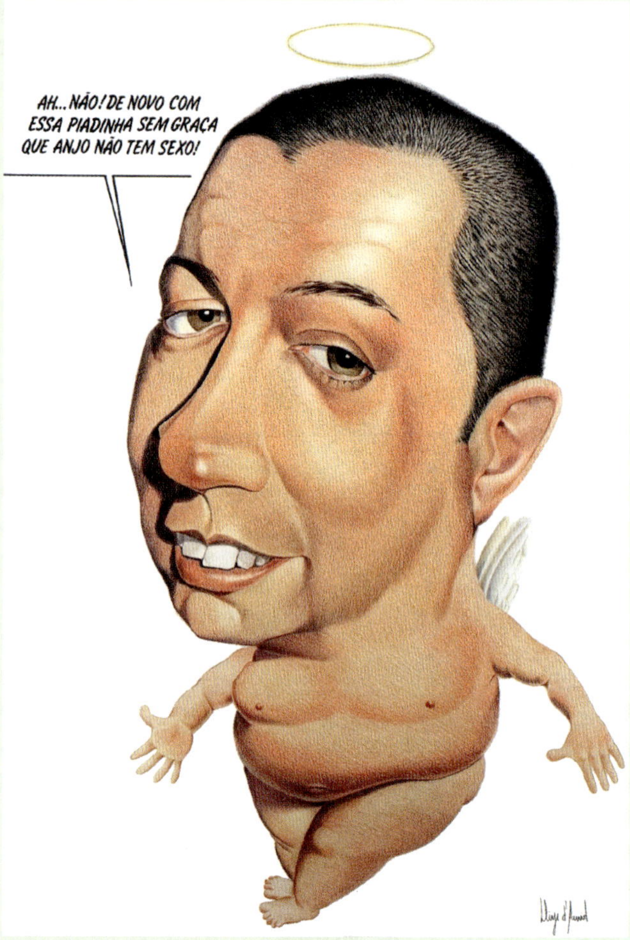
AH...NÃO! DE NOVO COM
ESSA PIADINHA SEM GRAÇA
QUE ANJO NÃO TEM SEXO!

Diogo D'auriol Almeida - Brasil

Franklin da Silva Mendes - Brasil

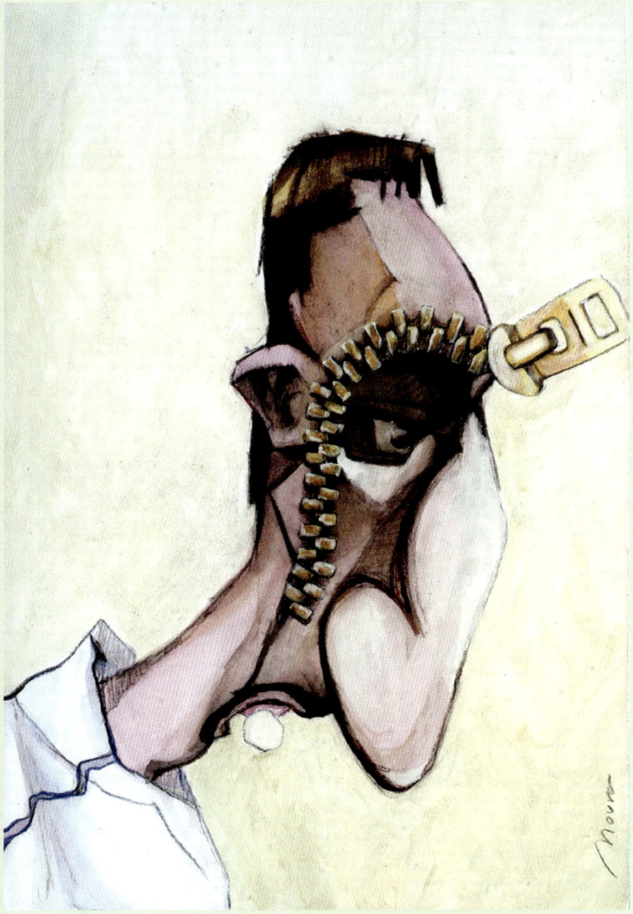

Cláudio Marcos de Moura Lourenço - Brasil

Rafael de Paula Cardoso - Brasil

Mohammad Amin Aghaey - Irã

Marcelo Barreto de Lacerda - Brasil

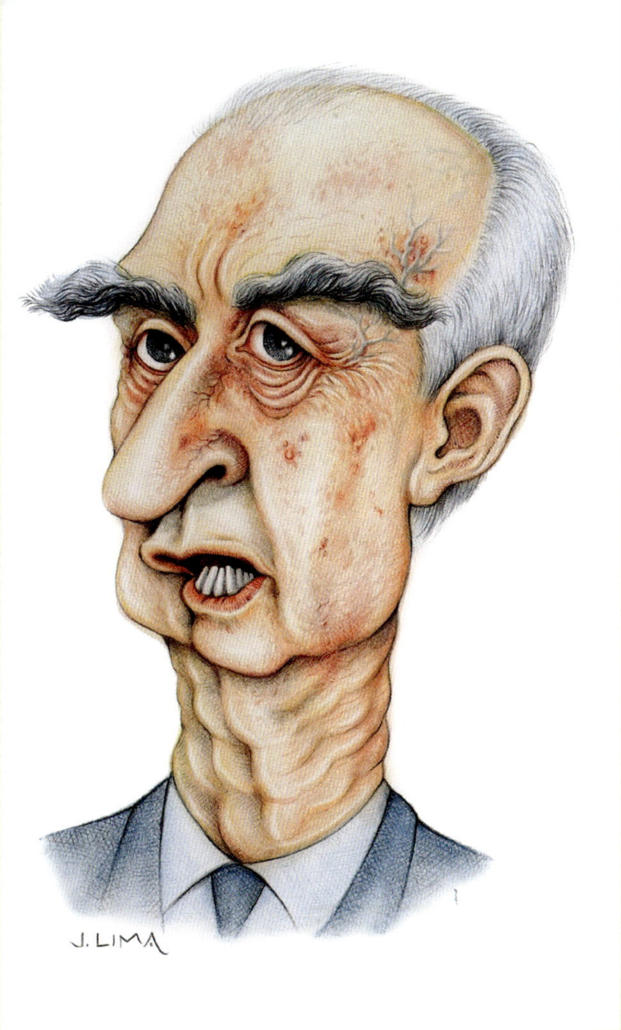

João Lima Neto - Brasil

Márcio Leite da Silva - Brasil

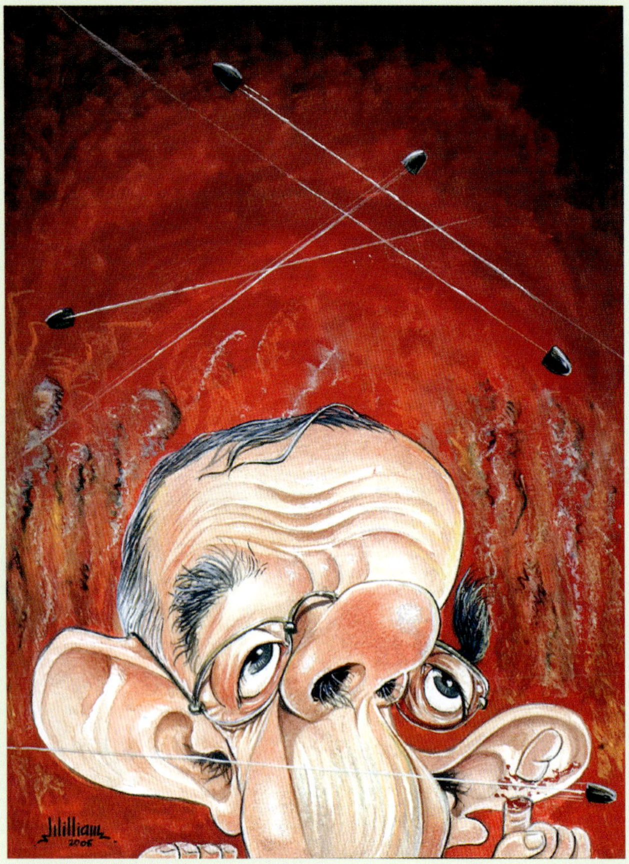

William Jeovah de Medeiros - Brasil

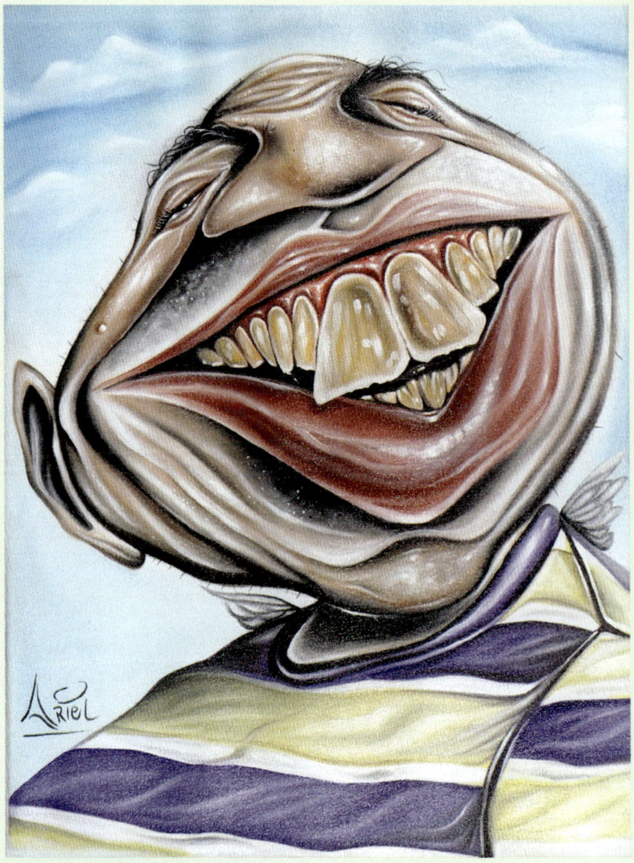

Ariel Silva - Brasil

Tony Toshio Ito - Brasil

Leandro Spett - Brasil

Sérgio Gonçalves Brito - Brasil

Fernando Luiz da Silva dos Santos - Brasil

André Maciel Pereira - Brasil

Gilson Luís Hyppólito - Brasil

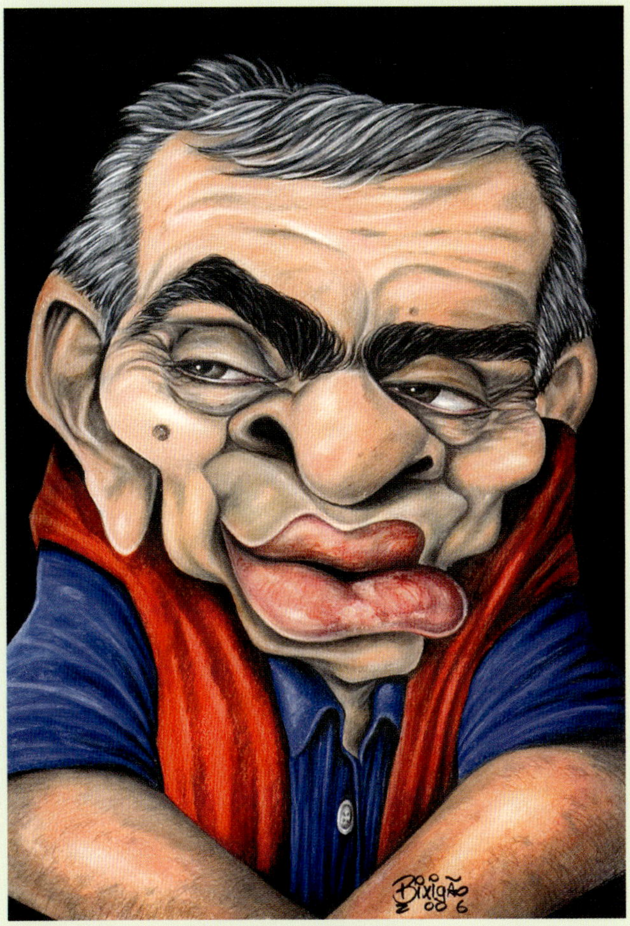

Rodrigo Schiavoni - "Bixigão" - Brasil

Reberson de Souza Alexandre - Brasil

Sandro Pereira de Melo - Brasil

João Lima Neto - Brasil

Gilberto Martiniano da Silva Junior - Brasil

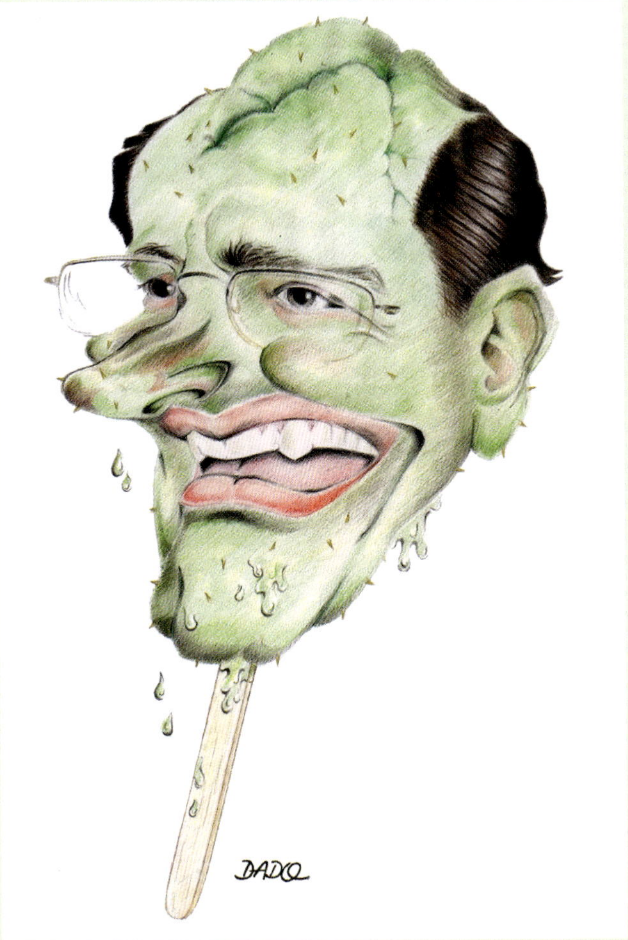

Rinaldo Corrêa dos Santos - Brasil

José Raymundo C. do Nascimento - Brasil

Adam Rabello Dias - Brasil

Luiz Gustavo Paffaro - Brasil

Elizeu de Lima Silva - Brasil

Elias de Carvalho Silveira - Brasil

João Bosco Jacó de Azevedo - Brasil

Adam Rabello Dias - Brasil

Luiz Gustavo Paffaro - Brasil

Fábio José dos Santos - Brasil

Luigi Rocco Pasquale Recine - Brasil

Alfredo Sabat - Argentina

Leandro Spett - Brasil

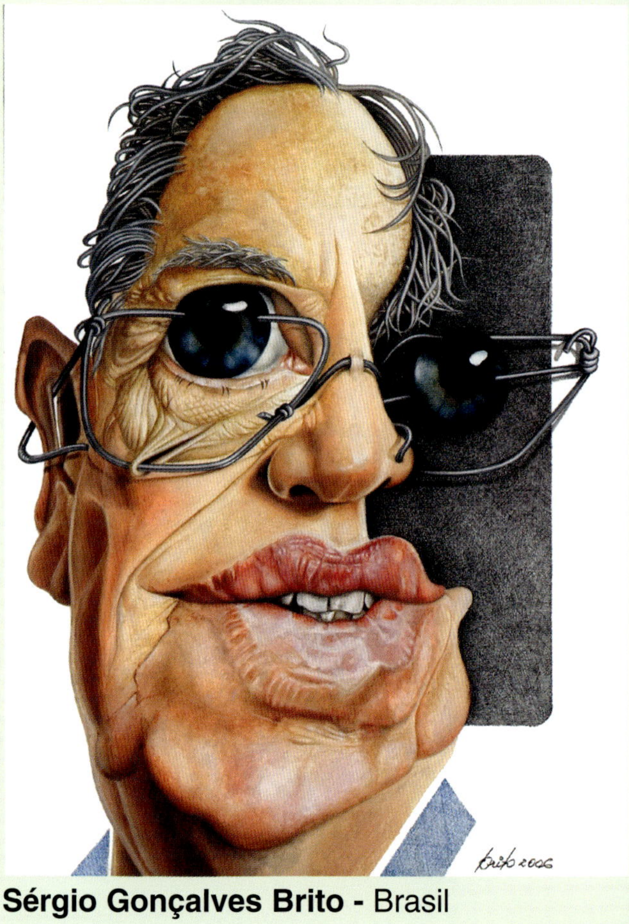

Sérgio Gonçalves Brito - Brasil

Alan Souto Maior Alves - Brasil

João C. M. do Nascimento - Brasil

João Bosco Jacó de Azevedo - Brasil

Juliano José de Oliveira - Brasil

Lezio Custódio Júnior - Brasil

-

Renato Monteiro Stegun - Brasil

tiras

1º LUGAR TIRAS

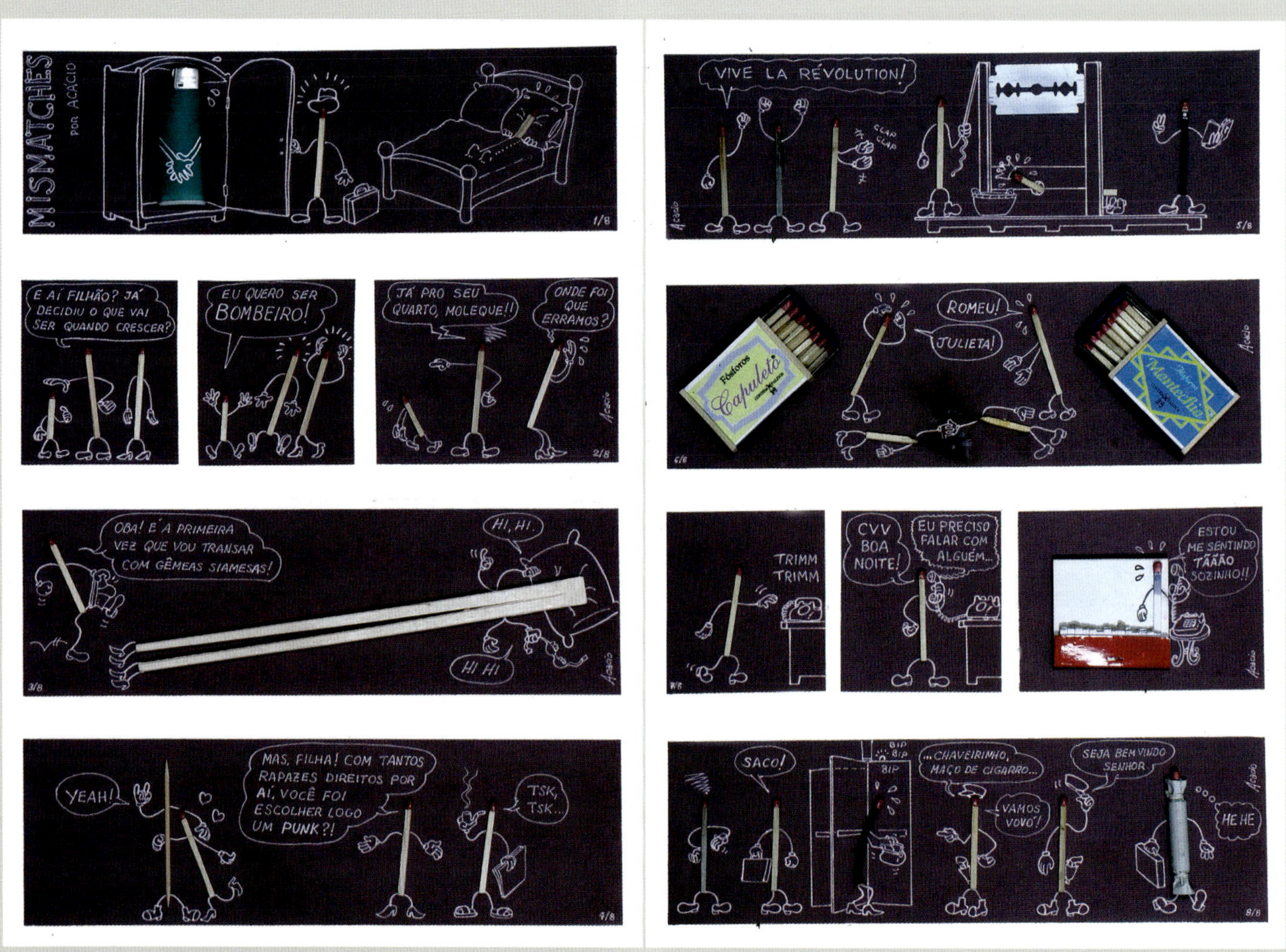
MISMATCHES
POR ACÁCIO
1/8
E AÍ FILHÃO? JÁ DECIDIU O QUE VAI SER QUANDO CRESCER?
EU QUERO SER BOMBEIRO!
JÁ PRO SEU QUARTO, MOLEQUE!!
ONDE FOI QUE ERRAMOS?
2/8
OBA! É A PRIMEIRA VEZ QUE VOU TRANSAR COM GÊMEAS SIAMESAS!
HI, HI.
HI HI
3/8
YEAH!
MAS, FILHA! COM TANTOS RAPAZES DIREITOS POR AÍ, VOCÊ FOI ESCOLHER LOGO UM PUNK?!
TSK, TSK...
4/8
VIVE LA RÉVOLUTION!
CLAP CLAP
5/8
Fósforos Capuleto
ROMEU!
JULIETA!
Fósforos Montecchio
6/8
TRIMM TRIMM
7/8
CVV BOA NOITE!
EU PRECISO FALAR COM ALGUÉM...
ESTOU ME SENTINDO TÃÃÃO SOZINHO!!
SACO!
BIP BIP BIP
...CHAVEIRINHO, MAÇO DE CIGARRO...
VAMOS VOVÓ!
SEJA BEM VINDO SENHOR
HE HE
8/8

Acácio Geraldo de Lima - Brasil

2º. LUGAR TIRAS

1
OCRE
GILMAR.
FAZ O QUATRO!
FICA DE QUATRO!
SÓ CONSIGO TRÊS!
EI, VOCÊ QUER FAZER SEXO COMIGO HOJE?
NÃO. PODE SER AMANHÃ?
AMANHÃ VOU CASAR!
FICA PRO DIVÓRCIO ENTÃO!
TÁ!
QUANTO VOCÊ VALE?
DEPENDE DO MOMENTO!
AGORA!
UM VALE TRANSPORTE!

2
OCRE
GILMAR.
QUER ME FAZER COMPANHIA HOJE?
NÃO TE CONHEÇO!
TENTA!
QUAL SEU NOME?
É IMPORTANTE?
NUNCA TE VI ANTES...
NÃO FAZ NENHUM MINUTO QUE CHEGOU AQUI...
E JÁ PEGOU NA MINHA MÃO!
VAMOS DISCUTIR A RELAÇÃO?
ENFIM, A FELICIDADE!!

Gilmar Barbosa - Brasil

MENÇÃO HONROSA

O AMOR É UMA M...
O QUÊ, O NOVO VIZINHO CHAMOU VOCÊ DE GOSTOSA?!
POIS VOU LÁ DIZER UMAS VERDADES PRA ELE.
DOIS MAIS DOIS SÃO QUATRO, O ANO POSSUI DOZE MESES...
"TUDO NA VIDA TEM UM LADO POSITIVO"
COMIGO É ASSIM: MULHER MINHA CHEGOU TARDE EM CASA TEM PORRADA!!
É ISSO AÍ MACHÃO!!
ALÉM DE CHEGAR DE MADRUGADA ELA AINDA ME BATE!!
ARRÁ! TE PEGUEI NO FLAGRA MARIZA. QUERO SÓ VER O QUE VOCÊ VAI FAZER AGORA!!

O AMOR É UMA M...
ESSE NOVO COMPUTADOR SUBSTITUI EM 99% O TRABALHO DE UMA SECRETÁRIA.
MAS TENHO CERTEZA QUE O CHEFE ARRANJOU ALGO PRA VOCÊ FAZER AQUI.
VOCÊ SEMPRE CHEGA ATRASADO AOS NOSSOS ENCONTROS, RAFAEL!!
DESCULPE!..
É QUE EU MORO LONGE!!
VOCÊ É DAQUELES QUE NÃO PASSA POR DEBAIXO DE ESCADAS
MINHA MULHER NÃO DEIXA!
AH, ELA É SUPERSTICIOSA.
NÃO!..
MUITO BEM, SEU PINÓQUIO. QUERO SABER ONDE VOCÊ ESTAVA ATÉ ESSE HORÁRIO, COM QUEM E FAZENDO O QUÊ!

O AMOR É UMA M...
EDGAR, TÔ BÊBADO.
TÔ OLHANDO PRA MINHA MULHER E VENDO TRÊS!!
POIS EU FICO COM ESSA E VOCÊ COM AS OUTRAS DUAS!!
DOUTOR, PASSEI A NOITE COM ESSA GOSTOSA AQUI ENQUANTO O MARIDO DELA ESTAVA NO TRABALHO.
ESTOU AQUI, POR PRECAUÇÃO, PRA FAZER UNS EXAMES PRA SABER SE ESTOU OK.
POIS EU TENHO PÉSSIMAS NOTÍCIAS!
PEGUEI UMA DOENÇA VENÉREA!!
PIOR, AQUELA MULHER É A MINHA ESPOSA!!
LUIZ HENRIQUE, VOCÊ ME TRATA COMO UMA MULHER OBJETO!
Ô MALA!!
PÔ, VOCÊ DISSE QUE IRIA ME APRESENTAR A SUA IRMÃ QUE ESTAVA COM TUDO EM CIMA!
ENTÃO, ELA TÁ COM O BUCHO EM CIMA DAS PERNAS, OS PEITOS EM CIMA DO PÉ...

O AMOR É UMA M...
COMIGO NÃO TEM MOLEZA. QUEM FALA MAIS ALTO LÁ EM CASA SOU EU!!
JÁ LAVOU TODOS OS PRATOS, LUIZ?
CLARO, QUERIDA!
"MORENO ALTO PROCURA COMPANHEIRA"
É A ÚLTIMA VEZ QUE PROCURO NAMORADO NOS CLASSIFICADOS DE JORNAL!
OLHA LÁ, JORGE. VOU VIAJAR E VOCÊ VAI FICANDO SOZINHO
COMPORTE-SE
O QUE É ISSO, QUERIDA? VOCÊ SABE QUE SÓ TENHO OLHOS PRA VOCÊ!
MANOEL, VOCÊ FAZ SEXO SEGURO?
CLARO. SÓ SAIO COM TUA NAMORADA QUANDO VOCÊ VIAJA!!

José Antonio Costa - Brasil

FREUDERICO
Mário César
+ O psicólogo de fantasmas +
FOI TÃO BOA A CONSULTA! DEUS LHE PAGUE, DOUTOR!
TE DEVO UMA, DOUTOR. DEUS LHE PAGUE!
$!
ERR... DEUS?
CONTAS DO MÊS
ALÔ, GOSTARIA DE FALAR COM DEUS...
DO QUE SE TRATA?
UMA DÍVIDA QUE ELE TEM COMIGO...
ELE NÃO SE ENCONTRA NO MOMENTO...
DEUS, EU SEI QUE É VOCÊ...
E COMO VOCÊ SABE?!
O SENHOR ESTÁ EM TODOS OS LUGARES...
MALDITA ONIPRESENÇA!
QUANTO LHE DEVO?
AVE MARIA!
NEM VENHA ME METER NAS TUAS FALCATRUAS, SEU SAFADO!
①

DEUS, SEUS PAGAMENTOS ESTÃO ATRASADOS DE NOVO...
SABE, FREUDERICO, NÃO ESTÁ FÁCIL PRA NINGUÉM...
NEM VEM COM PAPO...
NÃO ACREDITA NA PALAVRA DO SENHOR!?
NA DO SENHOR? NEM UM POUCO...
HEREGE!
ATEU SERIA MAIS APROPRIADO, SENHOR...
AUTOR, JÁ ESTOU FICANDO COM TORCICOLO...
EI AUTOR, EU NÃO DEVERIA DIZER ALGO ENGRAÇADO AGORA?
SIM ESSA É A IDÉIA...
E TÁ ESPERANDO O QUÊ?
INSPIRAÇÃO DIVINA!!
PRA TU FICAR ME ZOANDO?! É RUIM, HEIN!
②

AUTOR, PARE DE DESENHAR... A SUA HORA CHEGOU...
COMO ASSIM?! EU SOU JOVEM! E NEM TERMINEI A HISTÓRIA... EU MORRI DO QUÊ?!
DE FOME! OU VOCÊ AINDA PENSA QUE QUADRINHOS DÁ ALGUM DINHEIRO?
ROONC
A SENHORA É A MÃE DE MÁRIO CÉSAR?
SI-SIM, POR QUÊ?
SINTO LHE INFORMAR, MAS SEU FILHO... ELE QUIS FAZER... QUADRINHOS!
AI, MEU DEUS!!! POR QUÊ?! ONDE EU ERREI? UM MENINO TÃO...
COITADA, MORREU DE DESGOSTO...
POFT
EU FALEI PRA ELE FAZER AQUELE CONCURSO PÚBLICO...
EU FUI UM GRAANDE ASTRO DO ROCK.
AS DROGAS FORAM MINHA PERDIÇÃO.
EU FUI UM GRANDE COMANDANTE. MORRI NO CAMPO DE BATALHA.
E VOCÊ, RAPAZ?
EU TENTEI SER QUADRINISTA...
...MORRI DE FOME.
③

Mário César dos Santos Oliveira - Brasil

BIRO E SUA CACHOLA
ADIVINHEM QUEM É O CÉREBRO DA DUPLA?
CUSTÓDIO
EU SOU O ÓRGÃO MAIS IMPORTANTE DO SISTEMA!
CONTROLO TUDO O QUE VOCÊ FAZ!
SOU CAPAZ DE PRODUZIR CÁLCULOS COMPLEXOS E TAMBÉM CALAFRIOS!
JÁ SEI! VOCÊ É A RECEITA FEDERAL!
TODA VEZ QUE TENHO QUE COMEÇAR A TRABALHAR...
OLHO PRA MESA, MEXO NOS PAPÉIS, TENTO ME CONCENTRAR E NADA!
ONDE ANDA MEU CÉREBRO NESTAS HORAS?
ALGUÉM CHAMOU?
1

EU ADORO SAIR PRA CORRER BEM CEDINHO!
A GENTE LEVANTA DA CAMA, BOTA O TÊNIS E SAI!
QUANDO O CÉREBRO ACORDA, É TARDE DEMAIS.
EU MATO AQUELE DESGRAÇADO!
QUERO PASSEAR!!
NEM PENSAR!
TEMOS TRABALHO ATRASADO E CLIENTE ESPERANDO!
AH, É?
ENTÃO VOU FAZER XIXI NO SOFÁ E COCÔ NO TAPETE!
NÃO SEI SE LEVO VOCÊ EM UM TERAPEUTA OU NUM VETERINÁRIO!
ARF! ARF!
PSICÓLOGO? PSIQUIATRA? PAI-DE-SANTO?
LISTA
DISK-PIZZA!
CUSTÓDIO
QUE TRABALHO CHATO!
O CLIENTE PRECISA DELE.
QUE CLIENTE CHATO!
EU PRECISO DELE!
DE VOCÊ EU JÁ NEM FALO NADA!
2

OLHA A BAGUNÇA QUE VOCÊ FAZ!
APRENDI COM VOCÊ!
DEIXA UM MONTE DE LOUÇA SUJA!
APRENDI COM VOCÊ.
E ESSA ZONA NA GELADEIRA?
APRENDI COM VOCÊ.
PUXA! ESSE PUDIM ESTÁ DEMAIS!
APRENDI COM A ANAMARIA BRAGA.
PENSO LOGO ELE NÃO EXISTE
CUSTÓDIO
UM BAR NOVO!
AMEI O BAR!
COM MULHERES NOVAS!
AMEI AS MULHERES!
E COM DRINKS NOVOS!
AMEI OS DRINKS!
GARÇON! NADA DE ÁLCOOL, ESTOU DIRIGINDO!
AMEI VOCÊ, MAS FAZ MUITO TEMPO!
ELA TÁ DANDO MOLE! VAI LÁ!
E DIGO O QUÊ?
DIGA: "OI, GATA! QUER DANÇAR?"
QUE RAIO DE CÉREBRO É VOCÊ? EU SOU MAIS BRILHANTE QUE ISSO!
OI, GATA! QUER DANÇAR?
CLARO!
TEM CADA VEZ MENOS GENTE BRILHANTE NO MUNDO
É QUE ELAS NÃO SE REPRODUZEM!
3

1/4 DO CÉREBRO É OCUPADO PELA VISÃO! E O RESTO?
NÃO FAÇO IDÉIA!
THE BRAIN
SEX
HOJE A NOSSA DIETA ESTÁ ESPECIAL! TOFU COM AGRIÃO...
TOFU AO VINAGRETE COM SALADA E BISTECA DE TOFU.
O QUE VOCÊ ACHA?
TOFU.
SÓCRATES.
ESPINOSA.
JOGADOR DE FUTEBOL.
TREINADOR.
BACON.
ADORNO.
NIETZSCHE
COM OVOS
COLAR
SAÚDE!
CÉREBRO, VOCÊ É INACREDITÁVEL!
SEM FALAR NO ROSTINHO BONITO!
ÔBA! DEZENAS DE TIRAS INÉDITAS ESPERANDO SER LIDAS!
SALÃO DE HUMOR
HÃ...? TÔ ESPERANDO ALI NO BAR...
CUSTÓDIO

José Custódio Rosa Filho - Brasil

PAULICÉIA DESVAIRADA
TIRAS
WILLIAN HUSSAR
2006
OS EXTREMOS...
EU SOU DO PCC!!! OUVIRAM? SOU DO PRIMEIRO COMANDO DA CAPITAL! VEJAM COMO ME TRATAM, EU TENHO DIREITOS! ENTENDERAM?
POLÍCIA?!? EU?!? VOCÊS NÃO VÃO ACREDITAR MAS ESTAVA INDO NUMA FESTA A FANTASIA E...
NÃO DÁ PRA ACREDITAR! OS CARAS DO PCC PEGARAM JORNALISTAS DA GLOBO E EXIGIRAM A EXIBIÇÃO DO COMUNICADO DELES, EM TROCA DE SOLTÁ-LOS!
SE A MODA PEGA, LOGO SEQUESTRAM ARTISTAS E VÃO EXIGIR DEUS SABE O QUE...
OU PEGAM ALGUM POLÍTICO HONESTO DE BRASÍLIA E...
HA! HA! HA! HA! HA! HA! HA! HA! HA! HA! HA!
PUXA! ESTOU MOÍDO!! TIVE DE IR EM DOIS BANCOS, DAR UMA PASSADA NO METRÔ, PEGAR TRÊS ÔNIBUS, IR EM LOJAS E AINDA PASSAR NA DELEGACIA!!!
MAIS UNS DIAS ASSIM E VOU PRECISAR DE UMAS FÉRIAS EM ALGUMA CADEIA BEM TRANQUILA...
BANCO
3º DP
3

Willian Antonio Hussar - *Brasil*

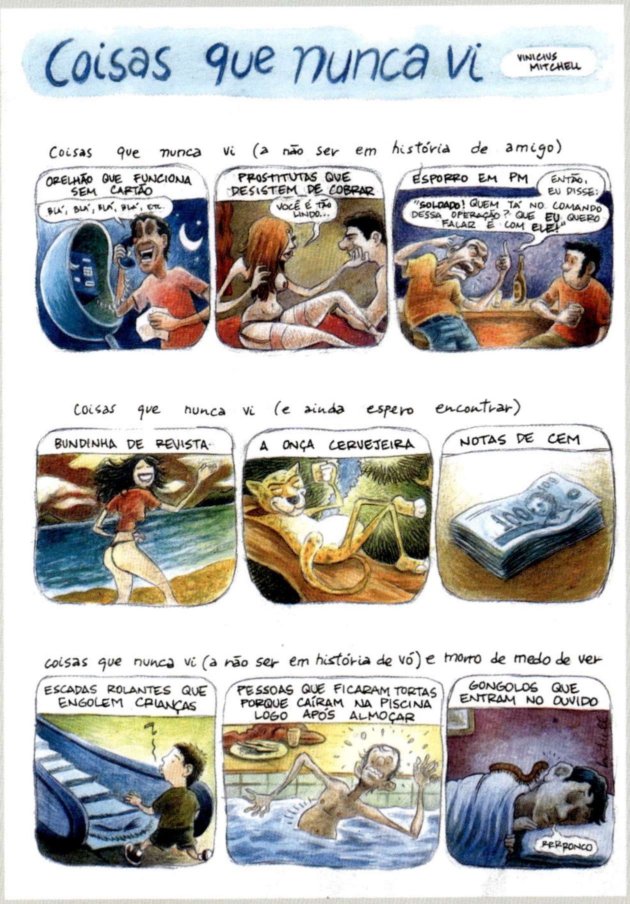
Coisas que nunca vi
VINICIUS MITCHELL
Coisas que nunca vi (a não ser em história de amigo)
ORELHÃO QUE FUNCIONA SEM CARTÃO
BLÁ, BLÁ, BLÁ, BLÁ, ETC.
PROSTITUTAS QUE DESISTEM DE COBRAR
VOCÊ É TÃO LINDO...
ESPORRO EM PM
ENTÃO, EU DISSE:
"SOLDADO! QUEM TÁ NO COMANDO DESSA OPERAÇÃO? QUE EU QUERO FALAR É COM ELE!"
Coisas que nunca vi (e ainda espero encontrar)
BUNDINHA DE REVISTA
A ONÇA CERVEJEIRA
NOTAS DE CEM
coisas que nunca vi (a não ser em história de vó) e morro de medo de ver
ESCADAS ROLANTES QUE ENGOLEM CRIANÇAS
PESSOAS QUE FICARAM TORTAS PORQUE CAÍRAM NA PISCINA LOGO APÓS ALMOÇAR
GONGOLOS QUE ENTRAM NO OUVIDO

Vinicius Mitchell - Brasil

GRANJA CITY
POR ALVES
E AÍ TED, O QUE VOCÊ VAI SER QUANDO CRESCER?
EU TENHO MESMO QUE CRESCER?
PUXA, SERÁ QUE VOU TERMINAR MEUS DIAS COMO FRANGO ASSADO?
QUÉ ISSO, RAPAZ? É CLARO QUE NÃO!
VOCÊ PODE TERMINAR COMO FRANGO ENSOPADO, FRANGO À PASSARINHO, FRANGO COM QUIABO...
AH, AH!
TENHO QUE ME DISFARÇAR! PRECISO ME FANTASIAR DE ALGO QUE NINGUÉM QUEIRA COMER!
JÁ SEI!!
EI, PRA QUÊ ESSA MÁSCARA DA DERCY GONÇALVES?
ESSA MÁSCARA É ÓTIMA!! O QUE É QUE PODE QUERER COMER A DERCY GONÇALVES?
VERMES...
1

VOU MORRER CEDO, SIM! MAS PELO MENOS VOU MORRER SABENDO QUE O MERCADO NUNCA CONSEGUIRÁ COMPRAR ESSE BELO PÔR DO SOL! EH, EH...
M
COMO É DIFÍCIL UM COMUNISTA MORRER FELIZ HOJE EM DIA...
DESCOBRI UMA MANEIRA DE ME LIVRAR DA MORTE PREMATURA!
LEGAL, O QUE VOCÊ VAI FAZER?
VOU ME SUICIDAR!
SABE, ÀS VEZES FICO PENSANDO...
PARA QUE SERVE UM CÃO CAÇADOR, SE NÃO EXISTE NENHUM ANIMAL SELVAGEM NA REGIÃO?
QUANTA INUTILIDADE!
EU LÁ TENHO CULPA SE OS AGROTÓXICOS FIZERAM TODO SERVIÇO POR MIM?
SABE O QUE EU ACHO MAIS SEXY EM VOCÊ? ESTA PINTINHA PRETA!!
NA VERDADE ESTA PINTINHA AÍ É HANSENÍASE!
PRECISO INVENTAR UMA MANEIRA MENOS TRAUMÁTICA PARA TERMINAR MEUS RELACIONAMENTOS!
MALDITOS DIREITOS AUTORAIS!
2

RÁ, RÁ... AGORA RADICALIZEI!! ENCHI O CORPO DE PIERCINGS!
DO QUE A TURMA VAI ME CHAMAR?
REVOLUCIONÁRIO?
LOUCÃO?
VISIONÁRIO?
VIADO!
ENGRAÇADO, TUDO BEM QUE VOCÊ É UM PÉ DE SOJA TRANSGÊNICO...
MAS PORQUE SERÁ QUE VOCÊ CONSEGUE FALAR?
IDIOTA, ERA PRA COLOCAR GENES DE "BICO-DE-PAPAGAIO" NA SOJA E NÃO DE "PAPAGAIO"!!
AI, AI...
UM PÉ DE SOJA FALANTE ATÉ QUE DÁ PRA AGUENTAR...
MAS UM PÉ DE SOJA CANTOR DE MÚSICA SERTANEJA É OSSO DURO DE ROER!
É O AMOR...
E SE VOCÊ FINGIR QUE ESTÁ COM GRIPE AVIÁRIA? ASSIM, TALVEZ, NÃO IRÁ PARAR NA PANELA!
BOA IDEIA!
ATCHUUUU!!
MINHA NOSSA!!! ESSE FRANGUINHO VAI CONTAMINAR A GRANJA INTEIRA!!
VOU TER QUE SACRIFICÁ-LO!
NÃO SEI PORQUE CONTINUO SEGUINDO AS IDEIAS DO HOOVER...
BANG! BANG! BANG!
EH, EH... ENTÃO VOCÊ ACREDITA QUE VAI PRO CÉU QUANDO MORRER?
ACREDITO.
NÃO É QUE ELE TINHA RAZÃO...
FIM
3

Evandro Alves - Brasil

ESTÁ ESCRITO AQUÍ QUE FORMIGAS SÓ ANDAM EM FILA... ...POR QUE SERÁ?
ELAS SÃO MUITO LIMITADAS...
SE UMA DELAS DER UM PASSO ERRADO E SAIR DA TRILHA, FICA TOTALMENTE DESORIENTADA! INSETO IDIOTA!
QUERIDA, ME PASSE O MAPA! ACHO QUE PEGUEI UM DESVIO QUE NÃO DEVIA...
Jony 06

João Carlos Pereira - "Jony" - Brasil

Walmir Americo Orlandeli - Brasil

SHIRLEY A GAROTA DE PROGRAMA POR: MOISÉS
E AÍ, O QUE VOCÊ FAZ?
VENDEDORA.
QUE LEGAL, VENDE O QUE?
MEU CORPO!
QUANTO É?
CINQUENTA.
FAZ COM QUARENTA?
FAÇO!
QUARENTA HOMI!
CREDIÁRIO
O QUE VOCÊ FAZ?
PROGRAMA!
RÁDIO OU TELEVISÃO?
ENTRA LOGO EU SOU CASADO!
AMOR É VOCÊÊ!?
1

SHIRLEY, VOCÊ JÁ SAIU COM ALGUM JOGADOR DE FUTEBOL?
ZIDANE.
QUASE FUI PRESA POR CAUSA DESSE HOMEM!
FUI ACUSADA DE ESTAR COM CRAQUE!
QUAL FOI A COISA MAIS ABSURDA QUE UM CLIENTE JÁ TE PEDIU?
DINHEIRO EMPRESTADO!
COMO VOCÊ PREFERE QUE TE CHAMEM? GAROTA DE PROGRAMA OU ACOMPANHANTE?
TANTO FAZ, TUDO É BISCATE MESMO!
UMA VEZ, UM CLIENTE ME DISSE QUE GOSTAVA DE APANHAR!
E AÍ, SHIRLEY VOCÊ BATEU NELE?
SE BATI!! QUASE MATEI O SAFADO. NÃO QUERIA ME PAGAR.
2

FAÇO!
FAÇO TAMBÉM!
FIADO NÃO.
QUANDO VOCÊ FICAR VELHA, NÃO VAI TER MAIS ESSE CORPINHO. VAI VIVER DE QUÊ?
ISSO DÁ DINHEIRO TAMBÉM!
VOU TIRAR VOCÊ DAS RUAS, VOCÊ VAI TER UM LAR!
E AÍ, QUER TRABALHAR NA MINHA ZONA?
SEJA QUAL FOR SUA PROFISSÃO...
TRABALHE COM PRAZER!
MOISÉS
3
ACABO.

Moisés de Macedo Coutinho - Brasil

Cobaia
WALDEZ
PAI! CONTA UMA HISTÓRIA PRA EU DORMIR!
ERA UMA VEZ A LETRA
LÁ VEM O FAQUIR!
ACABOU DE ENTRAR NO AÇOUGUE!
COM CERTEZA VAI COMPRAR AGULHA!
LUGAR DE CRIANÇA É NA ESCOLA!!!
ESTUDANDO??
NÃO, VENDENDO PICOLÉ, BOMBONS, PIPOCA!

Cobaia
WALDEZ
DEUS ESTÁ SEMPRE DE OLHO EM TUDO, DIA E NOITE!
COMO RECONHECERIA DEUS?
PELAS OLHEIRAS!
ESSA É A VIDA QUE PEDI A DEUS!
TAZ!!
NÃO SABE NEM BRINCAR!
MÃE, NÃO CONSIGO DORMIR!
CONTE CARNEIRINHOS!
ASSADOS OU COZIDOS?

Raimundo Waldez da C. Duarte - Brasil

MARIA SUPER
CONFESSO... SOU TARADA POR SUPER HERÓI. MAS, E DAÍ?
TEM MULHER QUE SÓ DÁ PRA JOGADOR DE FUTEBOL.
ALIÁS, NAS DUAS ÁREAS TEM MUITA GENTE MASCARADA.
JÁ FIQUEI COM MUITO SUPER HERÓI FAMOSO... UNS ATÉ CASADOS...
HUM.. PARA DE ME BOLINAR SR. ELÁSTICO...
EU ME DIVERTI MUITO...
QUE TAL O MEU CINTO DE UTILIDADES?
HUM...
PRA MIM É BEM ÚTIL ...
MAS, EU ME DECEPCIONEI AINDA MAIS ...
VOCÊ NÃO AMADURECE NUNCA!!
GROUF...

CARA...VOCÊ NUNCA TEM TEMPO PRA MIM!
EU É QUE TÔ CHEIA DE TEIA E SUBINDO PELAS PAREDES...
COMO ASSIM "ESTÁ MOLE"?
VOCÊ É ARROGANTE DEMAIS! CHEGA!
ÀS VEZES ME ILUDIA
NÃO TE QUERO MAIS. EU AMO A LOIS...
E SEU FILME É UMA MERDA!
EU, REALMENTE, SÓ QUERIA SER FELIZ ENTÃO RESOLVI EXPERIMENTAR O OUTRO LADO... QUE MARAVILHA!

Hector Salas - Brasil

ARÓN
by SECHÉ & VINEY
PÁPA, PÁPA!!
QUE FOI?
TEM UMA BARATA BEM AQUI!!
UÉ!!, ENTÃO COMPRRA MEU FILHI!
Dr. EDIPO EIRAS
RESPONDA A ESTAS PERGUNTAS ARON...
POIS NÃO, DOCTOR.
VOCÊ É ALÉRGICO A ODORES DE PLÁSTICOS?, PLANTAS? GASOLINA? GATOS? AVES?
SIM, SIM, SIM, SIM, SIM...
SUPONHO ENTÃO QUE TAMBÉM É ALÉRGICO A DINHEIRO NOVO. NÉ?
NÃO! NÃO! ISSO NUNCA!!
NO INÍCIO, NENEIM SÓ PEDÍA PAPINHA...
DEPOIS, ELE SÓ PEDÍA BRINQUEDOS.
AGORA, ELE SÓ PEDE A MESADA! ...DROGA!!
VAI SER MOLE, MOLE,
PASSA TODA A GRANA! SE NÃO QUER MORRER AQUI MESMO!!
GLUP!
TUDO BEM, MAS... VEM CÁ, MEU AMIGO... PODERÍA SER EM TRÊS VEZES... SEM JUROS?!

ARÓN
by SECHÉ & VINEY
ARON, QUAIS SÃO AS DATAS MAIS IMPORTANTES NA VIDA DO JUDEU?
HUM... TEMOS DUAS DATAS MUITO BOAS!
QUAIS?
AOS 13 ANOS, JOVEM FESTEJA SEU BAR-MITZVÁ. E DEPOIS, AOS 65 ANOS, HOMEM FESTEJA ÔNIBUS E METRÔ DE GRAÇA!!
SARRA, QUERIDA... HOJE É SEU ANIVERSÁRIO! EU QUER DAR UM CARRINHO PARA VOCÊ!
OH! ARON... MEU AMOR! ...POSSO ESCOLHER A MARCA? O MODELO? A COR?
NÃO, SARRA... EU DISSE CARRINHO!.. COM UM "ERRE" SÓ!
DROGA!!
QUANDO VAI DAR SAÍDA NUMA LADEIRA, O CARRO SEMPRE ANDA UM POQUINHO PARRA ATRÁS... NÉ?!
POIS É...
TÁXI
NO FINAL DA CORRIDA, O TAXÍMETRO NÃO ME COBRA ESSES METROS!.. NÉ?.. ME COBRA?!!
GLUP!!
NOVO LANÇAMENTO! PASTILHAS "GRIPOL" PARA A GARGANTA. O SENHOR QUER EXPERIMENTAR?
NÃO, NÃO! ARON ESTAR MUITO BEM DE SAÚDE
ESTAS SÃO AMOSTRAS GRÁTIS... AO MENOS LEVE UM VIDRO PARA SUA FAMÍLIA
O QUÊ??!
SÃO DE GRAÇA??!! POR QUE NÃO DISSE ANTES? ...ENTÃO, VOU LEVAR UNS 18 VIDROS DESSES. MINHA FAMÍLIA VIVE PEGANDO GRRIPE!!
GRIPOL

Sérgio Schechter e Vicente Viney - Brasil

Capitão Comunista
ESSE É CAPITÃO COMUNISTA, UM HERÓI SEM GRANDES PODERES
NA VERDADE, ELE TEM HÉRNIA PRESSÃO ALTA E É HIPOCONDRÍACO
MESMO ASSIM ALGO NESSE HOMEM DESPERTA A ADORAÇÃO DOS COMUNISTAS
CARA DE MACHO E UNIFORME VERMELHO!
NO OUTONO, CAPITÃO COMUNISTA APRECIA AS CORES DOS SÍMBOLOS SOCIALISTAS
NO INVERNO CONGELANTE, O VELHO CAPITÃO, AQUECE O CORAÇÃO DAS MASSAS COM INFLAMADOS DISCURSOS DE ESQUERDA
HOMENS DO PROLETARIADO
E NO VERÃO ESCALDANTE USA CEROULÃO
CEROULÃO DO CHE!
CAPITÃO COMUNISTA GOSTA DE UMA JOGATINA
ADORA UMA BEBEDEIRA
VÍCIO, MESMO, SÓ UM
PERESTROIKAS!

NO ÁLBUM DE FOTOS DO CAPITÃO COMUNISTA, SÓ ENTRAM OS MAIORES NOMES DA FORÇA VERMELHA
Mao Tse-Tung
ERNESTO CHE GUEVARA
CHAPOLIN
CAPITÃO COMUNISTA, FOI UM HERÓI MUITO ENGAJADO NAS CAUSAS DO PROLETÁRIO. INCLUSIVE PENSOU NAS CRIANCINHAS DO PROLETARIADO! NASCEU AÍ, UMA DAS MAIS ATUANTES INSTITUIÇÕES EM PROL DA CRIANÇA.
A.P.A.I!!
Associação dos Portadores de Amiguinhos Imaginários
APOLETA PETA-PETA LÉ PETI-PETI POLA...
SUA VEZ MURILO!
CRIANÇAS DO PROLETARIADO MAIS CAPITÃO COMUNISTA MAIS VODCA ERA UMA COMBINAÇÃO LETAL
MENININHA POR QUÊ VOCÊ ESTÁ NUA EM MINHA CAMA?
NESSA HORA REVELAÇÕES A RESPEITO DO COMUNISMO VINHAM À TONA
COMO ASSIM? VOCÊ ME PROMETEU VÁRIAS COISAS!
REVELAÇÕES CABELUDAS.
POR TROTSKY! NÃO É QUE OS COMUNISTAS REALMENTE COMEM CRIANCINHAS!!
O VELHO CAPITÃO, TAMBÉM SERVIA AOS GOVERNOS SOCIALISTAS.
ILMO SR. CAPITÃO TEMOS PROBLEMAS ASS. O GOVERNO.
O CAPITÃO NUNCA RECUSAVA UM CHAMADO DA MÃE PÁTRIA. POR MAIS DIFÍCIL QUE FOSSE A MISSÃO
...UMA ALDEIA DE IRREDUTÍVEIS GUERREIROS IMPEDE O AVANÇO DO COMUNISMO NA REGIÃO DA GÁLIA...
DESDE QUE O BOM CAPITÃO LEVASSE O SEUZINHO, POR FORA, É CLARO.
O TRABALHO ERA SUJO, MAS ALGUÉM IA ACABAR FAZENDO!

CAPITÃO COMUNISTA NOS ANOS 50
EM MEADO DOS ANOS 70
FINAL DOS ANOS 80 INÍCIO DOS ANOS 90
MARX
KARL MARX DISSE:
"O HOMEM FAZ A RELIGIÃO, A RELIGIÃO NÃO FAZ O HOMEM..."
TROTSKY FALOU:
"A PROPRIEDADE É UM ROUBO"
CAPITÃO AMÉRICA DIZ:
CHUUUPA!!
HUMILHADO SEM PODERES E NENHUMA CREDIBILIDADE A LENDA VIVA DO COMUNISMO PARTE RUMO AO AUTO-EXÍLIO, SEU DESTINO?
A TERRA DO NUNCA!
CUBA
QUANDO TODOS IMAGINAVAM QUE SERIA O FIM DESSA SERPENTE SOVIÉTICA. SURGE!
EL VELHO RUBLO!
GRANDE CONTADOR DE HISTÓRIAS E CONHECEDOR DE CHARUTOS
ALÔ? TELEFONISTA!
VIDA NOVA, VELHOS HÁBITOS
CARAMBA!!! NACIONALIZAR LOS HIDROCARBONETOS?
Cesari

Rodrigo César R. Godinho - Brasil

ÉRICO SAN JUAN apresenta...
Santo INÁCIO, A SAGA!
NÃO SEI DE NADA!
POR FAVOR... AQUI É A GRANJA DO TORTO?
É...
...E O TORTO É AQUELE LÁ!
SEDE ZERO, JÁ!
FUTEBOL NA GRANJA
VAI QUE É SUA!!
XÁ COMIGO!
GOOOL!
GOL CONTRA!!
NOSSA! COMO O CHEFE DÁ BOLA FORA!!
NO MEU GOVERNO...
...A ECONOMIA CRESCEU!
O POVO NUNCA ECONOMIZOU TANTO!!

ÉRICO SAN JUAN apresenta...
Santo INÁCIO, A SAGA!
VÔ! POR QUE O SENHOR VIAJA TANTO?
HOJE EU TÔ AQUI, UÉ!
POR QUE O SENHOR VIAJA TANTO... NA MAIONESE?!
O CHEFE TÁ ANIMADO!
VIAJANDO DE AVIÃO NOVO!
MAS NEM TUDO ELE TROCOU!
AH, É?
'TÃO DIZENDO QUE ELE CONTINUA COM UM SUCATÃO EM CASA...!
OI, MOR!
REELEIÇÃO
reeleição
REELEIÇÃO
reeleição
NÃO É HORA DE FALAR EM REELEIÇÃO!
REELEIÇÃO

Érico San Juan - Brasil

PADRE, SOU O LADRÃO QUE ROUBOU O BANCO! O QUE EU FAÇO?
RELAXE! FIQUE ORANDO POR MEIA HORA AQUI NA IGREJA E VOCÊ SERÁ PERDOADO!
ALÔ! POLÍCIA?
PADRE!!! DE ONDE EU VIM?
TODOS NÓS VIEMOS DO BARRO, MEU FILHO.
AH... MAS O SENHOR JÁ TOMOU BANHO...
...POIS NOSSA IGREJA DEVE MANTER A POSTURA ANTE A POLÍTICA FAJUTA DE NOSSO PAÍS!
POR ISSO EU PEÇO SEU VOTO!!!
SE MAOMÉ NÃO VAI À MONTANHA, A MONTANHA VEM A MAOMÉ.

Jefferson Rodrigues Oncken da Silveira - Brasil

MULEKS
E AÍ, ROSE, VAMOS BRINCAR DE MÉDICO?
VAMOS. EU FAÇO O PAPEL DO MÉDICO LEGISTA.
MAIS UMA TARDE NO VÍDEO GAME!..
ACHO QUE VOU FAZER MUSCULAÇÃO.
ACADEMIA
É ISSO AÍ, FILHÃO!
QUERO FICAR BEM FORTE.
ASSIM NINGUÉM VAI TER CORAGEM DE ME CHAMAR DE BOIOLA QUANDO EU ESTIVER FAZENDO BALÉ!!
LÚCIA, O QUE É UM ANIMAL BÍPEDE?
UM ANIMAL QUE POSSUI DUAS PATAS.
JÚLIO, DÊ UM EXEMPLO DE ANIMAL QUE POSSUI DUAS PATAS?
UM PATO ADÚLTERO?..
FINJA-SE DE MORTO, REX.
NOSSA, ELE OBEDECEU DIREITINHO. VOCÊ É UM GRANDE TREINADOR DE CACHORRO
FAZ DE NOVO!!
NÃO POSSO
ACABOU O VENENO E EU SÓ TINHA ESSE CACHORRO.
JOTA A

MULEKS
VOCÊ TEM DIREITO A UM PEDIDO.
ESTOU CANSADO DE APANHAR DOS MENINOS DO COLÉGIO.
QUERO QUE ELES SINTAM PAVOR AO OLHAR PARA MIM.
MOSQUITO DA DENGUE?! AH, GÊNIO FILHO DA P...
PROVA ORAL.
ZÉLIO, QUAL O ANIMAL QUE POSSUI O SANGUE FRIO?
EH... O MORTO?..
ZÉLIO, OLHA LÁ UMA VELHINHA TENTANDO ATRAVESSAR A RUA.
VÁ LÁ AJUDÁ-LA.
VAMOS VER QUEM FAZ OS MELHORES VERSOS PARA A RAIMUNDA.
RAIMUNDA, MEU AMOR, MEU EXPLENDOR.
RAIMUNDA BONITA DE CARA, BONITA DE UMBIGO.
ORA, MAS NÃO RIMOU.
É PORQUE ELA NÃO ESTAVA DE COSTAS!
JOTA A

MULEKS
MARINA, CARLA, ONDE ESTÃO VOCÊS?
ESTAMOS AQUI BRINCANDO COM O PINTINHO DO JÚNIOR!
UMA BONECA PRA EDNA
UM CARRINHO PARA O JÚNIOR.
UM TRESOITÃO PARA O EDVAN!..
ÀS VEZES EU GOSTARIA DE SER COMO JESUS CRISTO. TER UM CORAÇÃO BONDOSO, FRATERNO...
PASSA O RELÓGIO, TIO.
...TRANSFORMAR GENTE EM ESTÁTUA DE SAL!..
VOCÊ GOSTA DO SEU PRIMO, ZÉLIO?
SOMOS COMO IRMÃOS!
CAIM E ABEL!!
JOTA A

MULEKS
KID, VÁ AO SUPERMERCADO E TRAGA A LÂMPADA MAIS ECONÔMICA QUE VOCÊ ENCONTRAR.
EI, ESSA LÂMPADA ESTÁ QUEIMADA!!
UM PÉ DE COELHO!
UAU, ESTOU COM SORTE!!
AH, SE EU PEGO O FILHO DA PUT* QUE CORTOU O MEU PÉ ENQUANTO EU DORMIA!
RAPAZ, TEU PAI É MUITO MACHO!
O CARA USA BATOM SABOR PIMENTA!!
JOTA A

José Antonio Costa - Brasil

QUE DANÇA MAIS ESQUISITA, CARA!
NÃO ESTOU DANÇANDO!
?
NÃO CONSIGO CONTROLAR MINHAS PATAS...
JUNIOR! BRINCANDO COM A COMIDA OUTRA VEZ?

João Carlos Pereira - "Jony" - Brasil

O SALÃO DENTRO DO SALÃO

Paulo Caruso

Uma maneira atraente de termos sempre presentes no Salão Internacional de Humor de Piracicaba os profissionais que o ajudaram a transformá-lo no evento mais importante do humor no país e no mundo são as mostras paralelas à mostra competitiva.

A cada ano, elas se renovam e ajudam o Salão a manter viva sua condição de resposta aos momentos político nacional e internacional.

No 33° Salão, as paralelas abrangeram temas oportunos, como os Hexageros do Hexa, sobre a frustada tentativa da seleção canarinho de trazer a Copa para casa pela sétima vez, e a mostra de Adão Iturrusgarai, autor do cartaz desse ano, criador dos impagáveis Rocky & Hudson, caubóis gays, precursores da dupla que arrebatou o Oscar de melhor filme com O Segredo de Broueback Mountain.
Depois da Daslula, o festejado entreposto comercial para produtos licenciados por cartunistas, como livros, sandálias, camisetas, neste ano foi a Daspi, alusão à grife carioca que revolucionou o prét-à-porter, muito antes que nossos políticos o fizessem.

O premiado artista piracicabano Eduardo Grosso preparou uma justa exposição aos Heróis da Paz, sempre cultuados, porém quase nunca relembrados no Salão.

Uma mostra sobre desenhos da máfia dos sanguessugas, com charges e caricaturas publicadas nos jornais também tiveram seu destaque.

O terror imposto ao país pelo crime organizado mereceu uma instalação no esqueleto do bonde que habita o engenho central com a mostra Fuzuê do Pececê.

O Porto Cartum, terceiro em importância no mundo segundo a FECO, esteve presente graças ao intercâmbio entre o Salão de Piracicaba e o Museu Nacional da Imprensa, assegurando nossa presença no panorama internacional do humor.

Além dos profissionais, a esperança na renovação da linguagem é contemplada pelo Salãozinho do Humor, que percorre as escolas da região conclamando as crianças nesse desafio criativo, estimulando sua competição e participação no evento.

Por essas e por outras, as mostras paralelas significam a continuidade do espírito que fez de Piracicaba um dos pólos mundiais do humor que se pratica no planeta.

Paulo Caruso - Curador das Mostras Paralelas do 33° Salão Internacional do Humor

paralelas

ABERTURA OFICIAL DO 33º SALÃO INTERNACIONAL DE HUMOR DE PIRACICABA

A exposição reúne o que há de melhor no mundo das artes gráficas, através de cartuns, charges, caricaturas e tiras, escolhidos entre mais de 1500 trabalhos, vindos de 25 países e 23 estados brasileiros.

Local: Engenho Central - Armazém 14

MURAL DO CANECÃO

Pintado em afresco por Ziraldo, em 1967 e destruído na reforma do bar, o Mural do Canecão foi recuperado em 2001, por ocasião do 28º Salão de Humor. Réplica do original, possui 180m² e mede 31 metros de largura por 4 metros de altura.

Local: Engenho Central - Armazém 7A.

CHARGES, CARTUNS E FANZINES UMA MOSTRA DE EDSON RONTANI

Homenagem ao artista piracicabano, criador do primeiro fanzine brasileiro.
Apresentação da Banda Havana e performances teatrais com os grupos Te-Ato e Trupe da Alegria.

Local: Casa do Povoador.

ALL OFF JAZZ

Mostra de caricaturas em acrílico do cartunista Flávio Rossi.

Local: Engenho Central - Armazém 14

O MUNDO MARAVILHOSO DE ADÃO ITURRUSGARAI

Retrospectiva da obra do cartunista responsável pelo cartaz desta 33ª. edição e criador dos caubóis gays - Rock & Hudson, homenageado deste ano.

Local: Engenho Central - Armazém 14.

DASPI

Ao invés de Daslu, a Daspi comercializa pizzas, tendo Ângela Guadagnin como Gisele Bündchen. Mostra mercado com venda de camisetas, bonés, livros, sandálias Havaianas e Pinga de Piracicaba. No local, funcionou uma uma pizzaria e um varejão com os ingredientes da pizza.

Local: Engenho Central - Armazém 9.

EXAGEROS DO HEXA

Montagem sobre futebol, onde o público interage com as obras. participações de manga (Cássio Scavone), Gustavo Duarte (Lance), Paulo Caruso (JB) e Angeli (Folha de São Paulo).

Local: Engenho Central - Armazém 9.

FUZUÊ DO PECECÊ

Mostra coletiva no Bonde do Engenho. Participações: Angeli e Paulo Caruso.

Local: Engenho Central - Armazém 14.

PORTO CARTOOM: O RISO DO MUNDO

Mostra reúne 50 trabalhos de um dos mais importantes Salões da Europa, pertencente ao acervo do Museu Nacional de Imprensa, do Porto - Portugal

Local: Engenho Central - Armazém 14.

RETROSPECTIVA DOS 32 ANOS DO SALÃO INTERNACIONAL DE HUMOR DE PIRACICABA

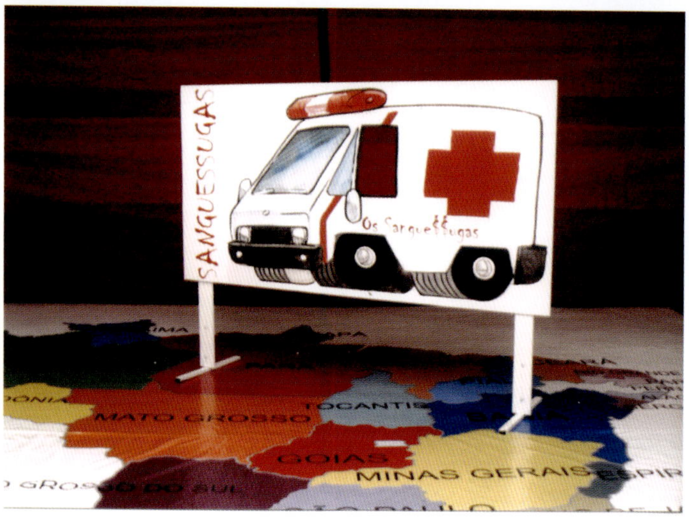

SANGUESSUGAS

Mostra coletiva composta por uma Ambulância Sanguessuga que ironiza o sistema de saúde do país.

Local: Engenho Central - Armazém 9.

HERÓIS DA PAZ

Reúne 20 caricaturas gigantes de líderes pacifistas, confeccionadas pelo cartunista Eduardo Grosso, inspiradas no MOVPAZ.

Local: Engenho Central - Armazém 9.

ÍNDICE

ÍNDICE

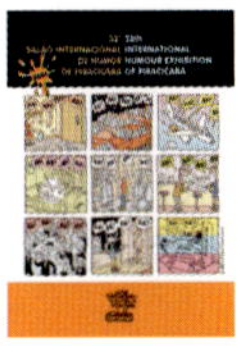

Design e Editoração Eletrônica	Miriam Miranda (Impar Design Gráfico)
Capa	Adão Iturrusgarai
Escaneamento	Christiano Diehl Neto
Fotos	Christiano Diehl Neto Justino Lucente Marcelo Basso Cláudio César Coradini
Revisão	Valéria Rodrigues
Papel	Votorantim Celulose e Papel *Impresso em papel couché Lumimax 115 g/m², da Votorantim Celulose e Papel – VCP.* *Papel produzido com florestas plantadas de eucalipto.* *Preservando matas nativas, em harmonia com o meio ambiente. (miolo)*
CTP, impressão e acabamento	Imprensa Oficial do Estado de São Paulo

ctp, impressão e acabamento
imprensaoficial
Rua da Mooca, 1921 São Paulo SP
Fones: 6099-9800 - 0800 0123401
www.imprensaoficial.com.br